KB141894

# 최고의 이혼②

「最高の離婚 下」

Original Japanese title: SAIKOU NO RIKON Vol.2
Copyright ⓒ 2013 Yuji Sakamoto / Shinobu Momose
Copyright ⓒ 2013 Fuji Television Network, Inc.
Original Japanese edition published by Fusosha Publishing Inc.
Korean translation rights arranged with Fusosha Publishing Inc.
through The English Agency (Japan) Ltd. and Danny Hong Agency.
Korean translation Copyright ⓒ 2018 by Sam & Parkers Co., Ltd.

# 최고의 이혼 ②

最 高 の 離 婚

**사카모토 유지** 원작 ｜ **모모세 시노부** 노벨라이즈
**추지나** 옮김

박하

"이혼 같은 건 제가 말을 꺼내지 않으면
평생 없으리라 믿었습니다."
**미쓰오**

"행복하게 잘 지내래요.
그거, 최고의 수위의 작별 인사 아닌가요."
**유카**

"남자와 여자는 결국
균형과 타이밍 아니야?"
**아카리**

"이혼은
최악의 결과가 아니에요."
**료**

"하나, 둘, 셋!"

따스한 햇볕이 쏟아지는 가운데 미쓰오와 아카리는 빨간 소파 양 끝을 들고 방 창가로 옮겼다.

"어때?"

아카리가 냉큼 앉아본다.

"5,000엔짜리로는 전혀 안 보여."

빨간 소파에 앉은 아카리가 등 뒤로 비쳐드는 햇볕에 더욱 도드라져 보인다. 그 모습을 바라보던 미쓰오는 방긋 웃고 옆에 앉았다. 미쓰오의 무게로 소파가 가라앉아 두 사람은 자연스레 서로 기댔다.

"이따 DVD 빌리러 가자."

미쓰오가 말했다.

"해리포터 보고 싶어."

"아, 어디까지 봤지. 혼혈왕자였나."

"혼혈왕자? 마법사의 돌이야."

"마법사의 돌……."

그런가, 그랬던가. 미쓰오는 햇살에 실눈을 뜨며 행복을 음미했다.

\* \* \*

겨울 햇살이 창문으로 쏟아지는 가운데 소파에서 잠든 미쓰오의 얼굴 위를 고양이 두 마리가 밟고 지나갔다. 미쓰오는 벌떡 몸을 일으켰다. 응……? 조금 전 그건…… 꿈이었구나. 10년 전 사사즈카의 연립주택에서 보낸 행복한 한 장면…… 그날은 두 번 다시 돌아오지 않는다.

아침을 차리면서 유카를 본다. 앞머리를 아무렇게나 머리 위로 묶은 평소와 다름없는 상투 스타일로 입 주위에 잼을 묻히며 식빵을 먹고 있다.

"응?"

유카는 미쓰오의 시선을 느끼고 입을 크게 벌렸다. 아무것도 아니다. 미쓰오는 말없이 고개를 내젓고 식빵을 작게 뜯어 입에 넣었다.

"우에하라 씨네 어떻게 됐을까."

유카가 꿀꺽하고 빵을 삼키면서 말한다.

"뭐가 어떻게 돼."

"결국 한 사람씩 따로 갔잖아. 아마 이대로 헤어지겠지…… 자르네 마네 했으니까. 잘라서 앞으로 어쩔 작정이었지?"

"그렇게 남의 집 일을 숙덕거리는 건 좋지 않아."

"아, 그래? 뭐 어때, 우리 집도 이런데."

"우리는 다르지. 우리는 성격이 안 맞은 거고 저쪽은 부인이 안쓰러운 상황이잖아."

"응? 그래서 당신이 걱정하는 거로구나."

"왜 걱정하면 안 되는 일이야?"

"꽤나 흥분했더라."

"나는 모두가 행복해졌으면 해서……."

"그보다 옛날 애인이랑 그거잖아? 저 커플이 헤어지면 다시 잘해볼 수 있지 않을까 같은 거."

그런 일은 없다고 되받아치지 못하는 자신이 마음속에 존재한다…….

"표정이 아주 진지하네."

"아니, 평소 얼굴인데."

미쓰오가 간신히 그렇게만 대꾸하자 유카는 쓴웃음을 지으며 미쓰오의 컵에서 자신의 컵으로 커피를 따른다.

"아."

"평소 얼굴인데요."

미쓰오는 또 한 소리 들을까 봐 서둘러 변명을 둘러댄다.

"들켰어."

"응?"

"할머님한테."

"할머니? 뭘?"

미쓰오가 커피를 마시려고 잔을 들었는데 거의 없었다.

"남편이 없는 사이에 젊은 남자를 집으로 끌어들인 듯한 장면을."

유카는 재빠르게 커피를 마시면서 소파로 이동한다.

"뭐?"

"끝까지 잘 들어. 그 남자애는 하쓰시마고, 걔는 침대에서 잠만 잤고 나는 샤워를 했을 뿐이야."

유카의 이야기를 듣는 사이에 미쓰오의 얼굴이 굳었다.

"끝까지 들어. 그냥 그뿐이야. 말로 설명할 수 없지만 그냥 그뿐이라고. 오해하지 마."

"별로 오해는 안 하는데, 이 집에서 그런 일은 좀 아니지 싶은데."

처음 듣는 이야기고…… 정말이지 유쾌하지 않은 이야기다.

"오해해도 딱히 상관은 없는데, 아니지. 오해 안 해도 상관없지만, 할머니께는 이렇게 남자를 끌어들였다고 오해받고 싶지 않아. 설령 그렇다 하더라도, 만약에 그랬어도 말이야, 딱히 바람피운 게 아니잖아. 그렇지 않아? 우리."

유카는 그렇게 말하고 자신과 미쓰오를 차례로 가리켰다.

"······휴우."

컵 바닥에 얼마 남지 않은 식은 커피를 비우고 미쓰오는 한숨을 쉬었다.

"이제 한계야. 할머님께 설명하자."

"뭘?"

"이혼했다고."

"이혼했습니다······."

미쓰오는 자기도 모르게 컵을 씹고 있었다.

\* \* \*

두 사람은 곧바로 아이코의 집에 갔다.

"할머니."

거실로 들어가자 아이코는 고타쓰에 들어가 앉아 텔레비전으로 프로레슬링 비디오를 보고 있었다.

"할머니?"

"할머님?"

"할머······."

"들린다."

아이코가 천천히 돌아본다. 미쓰오와 유카는 그 자리에 얌전히 무릎을 꿇고 앉았다. 아이코는 텔레비전으로 시선을 돌리자, 방 안에는 아나운서와 해설자의 과하게 흥분한 목소리와 경기장의 환호성만이 울려 퍼졌다.

뭐라든 말 좀 해봐. 미쓰오는 유카에게 눈으로 재촉했다. 그러자 유카는 당신이 먼저 하라며 미쓰오를 쏘아본다. 경기가 끝나고 아이코는 리모컨으로 텔레비전을 껐다.

"차 마실래?"

돌아본 아이코가 미소를 지으며 물었다. 미쓰오와 유카는 절로 등이 곧게 펴졌다.

"마실래요."

"제가 가져올게요."

일어나려던 유카보다 먼저 아이코는 휙 일어나 두 사람 옆을 지나 주방으로 갔다.

"유카네 어머님이 보내주신 차, 정말로 맛있더구나."

"새로운 차가 나오면 또 보내달라고 할게요."

유카는 잔뜩 긴장해서 어색한 미소를 짓고 있다. 아이코는 포트의 뜨거운 물을 주전자에 붓고 찻잔 세 개를 가지고 돌아왔다.

아이코는 자기 자리에 앉아 주전자와 찻잔을 고다쓰 위에 놓고 차 우러지기를 기다린다. 어색한 공기가 흐르는 가운데 유카가 미쓰오를 팔꿈치로 찔렀다. 하는 수 없이 미쓰오가 입을 열었다.

"할머니. 있잖아…… 그거 말이야."

"오해."

유카가 미쓰오의 귓가에 빠르게 말했다.

"오해. 오해하시는 것 같아서요."

"둘이 같이 왔다는 건 미쓰오, 너도 알고 있다는 뜻이로구나."

아이코는 차분한 말투로 말했다.

"어…… 아, 아니, 아는 게 아니라 두 사람의 문제예요. 문제라고 해야 하나, 아니, 할머니가 보신 건 정말 오해예요. 이 사람은 그런 짓 하는 사람이 아니니까, 절대로요. 그런 문제가 아니라요……."

횡설수설하는 미쓰오를 유카가 팔꿈치로 찌른다.

"나도 나이를 먹었어. 숨기는 게 있다 생각하기는 했다만."

아이코는 한숨을 쉬었다.

"네?"

"헤어졌니?"

너무나 단도직입적인 질문에 미쓰오와 유카는 입을 다물었다.

"언제?"

"두 달 정도 전에……."

"그랬구나."

"네."

고개를 끄덕이는 미쓰오 옆에서 유카는 입을 꾹 다물고만 있었다.

"내가 이혼했을 때는 아무도 용서하지 않더구나. 왜 이해해주지 않는 걸까. 부모님이 원망스러웠지. 하지만 지금은 그 맘이 이해가 돼. 소중한 자기 아이나 손자가 이혼하겠다는 걸 허락할 사람은 이 세상에 없다."

아이코는 주전자에서 찻잔으로 차를 따라 미쓰오와 유카 앞에 내민다.

"헤어진 그이는 혼자 죽었어. 이제야 너무 후회되는구나."

그 말에 유카가 입을 열려고 했다. 하지만 미쓰오는 그 기척을 가로막고 허둥지둥 말에 끼어들었다.

"저, 저기 있지, 의외로 긍정적인 분위기라고 할까, 원만하다고 할까. 더 나은 방향을 찾아 이혼을 선택했다고 할까, 그러니까 전혀 그런……."

"멍청한 놈!"

평소 아이코답지 않게 큰 소리가 터져 나왔다.

"너도 유카도 멍청하기 짝이 없어! 나는 이 이혼을 절대로 허락할 수 없다!"

강한 어조로 말하는 아이코에게 미쓰오는 완전히 동요했다. 유카는…… 굳은 표정으로 심각하게 듣고 있는 것 같았다.

* * *

"안녕하세요."

이튿날 아침 유카가 세탁소로 나가려고 앞치마를 두르고 나오자 세탁소 앞을 청소하던 야하기 사토코가 가게 안을 가리키며 말했다.

"아, 유카, 오늘은 됐어."

"네?" 유카가 가게 안을 보니 카운터에서 남자 점원이 능숙하게 손님을 상대하고 있다.

"일손이 부족하다고 본사에 얘기해놨잖아. 요코야마 씨가 오늘부터 출근한대."

"아, 그래요?"

"일 잘하더라. 나도 마음 놓고 맡겨놨질 뭐야."

사토코는 따분하다는 듯이 가게 안으로 돌아간다. 사토코의 모습을 지켜보면서 유카는 앞치마를 벗었다.

* * *

그대로 금붕어 카페에 가니 도모요가 유카를 보고는 다가왔다.

"깜짝 놀랐어."

"아. 소동을 일으켜서 죄송해요."

"원인은 뭐야? 바람? 빚? 때렸어?"

쓰구오가 물었다.

"아, 아뇨."

"그런 말 있잖아, 판단력이 부족해서 결혼하고 인내력이 부족해서 이혼한다고. 결국 미쓰오의 성격을 참을 수 없게 된 거지?"

도모요는 언제든 친동생에게 가차 없다.

"아뇨, 그런 건……."

"참고로 재혼은 기억력이 부족해서……."

쓰구오가 말하는 도중에 아이코가 나왔다. 유카는 긴장하면서 미소를 짓고 인사했다.

"잠깐 와주겠니?"

그렇게 말하고 발길을 돌려 걸어가는 아이코를 향해 유카는 "아, 네" 하고 대답하며 따라갔다.

* * *

"흰머리를 염색하고 싶구나"라는 아이코의 말에 유카는 바닥에 신문지를 깔고 부지런히 준비한다.

"따갑지 않으세요?"

비닐장갑을 낀 유카가 의자에 앉은 아이코 뒤에 서서 염색을 했다.

"아니, 괜찮다."

"네." 나름 신경 써서 바르고는 있지만 유카는 기본적으로 덤벙거리고 솜씨가 없다.

"잘 안 될지도 몰라요. 미용실에 가시는 편이 좋았겠어요."

"전에는 친구 가게가 있었지."

"할머니는 미용실에 가지 않으시죠."

"남이 내 머리카락에 손대는 게 불편하단다."

어…… 저도 모르게 손이 멈춘다.

"사실은 성가신 성격이지."

"사실은요……."

아무렇지 않게 웃는 아이코에게 유카는 당혹스러워하면서 미소를 짓는 수밖에 없었다.

"미쓰오도 나를 닮았나. 굳이 결혼 생활까지 닮지 않아도 되는데."

여전히 웃고 있는 아이코에게 맞추듯이 유카의 얼굴도 웃고 있었다.

"유카야."

"네."

"나 신경 쓰느라 털어놓지 못했지?"

"……."

"헤어진 사람이랑 살기 괴로웠겠구나."

그 말에 감정이 북받쳐 유카는 저도 모르게 고개를 돌렸다.

"일찍 눈치채지 못해서 미안하다."

아뇨…… 목소리가 나오지 않아서 고개를 가로저었다. 그게 고작이었다.

"미쓰오는……."

아이코가 하려던 말을 유카는 넘칠 듯한 눈물을 소매로 되는 대로 문지르면서 가로막았다.

"제가 하자고 했어요. 제가 나빴어요. 제가 잘하지 못해서."

"그렇지 않아……."

"아니에요. 알아요. 알고 있어요."

눈물이 뚝뚝 흘러나와 멈추지 않는다.

"죄송해요. 죄송합니다…… 죄송합니다."

"……통조림."

아이코가 나직하게 말했다.

"……네?"

"통조림은 1810년에 발명됐대."

"네에."

대체 무슨 이야기를 하려는 걸까. 유카는 의아해하면서도 잠자코 들었다.

"그리고 캔 따개가 발명된 게 1858년."

"……네?"

"이상하지."

"이상하네요."

"하지만 그런 일이 있단다. 중요한 게 한참 지나 뒤늦게야 찾아오는 일이 있어. 애정이든 생활이든."

유카는 아이코의 말뜻을 이해하고 입술을 깨물고 침묵했다. 아이코는 앞을 바라본 채 유카의 손을 잡으며 얘기했다.

"한 번만 다시 생각해주련?"

유카는 대답할 말이 없어 가만히 있었다.

\* \* \*

딱히 착해빠진 건 아니다. 그렇지만 길에서 나눠주는 티슈를 거절하지 못해서 전부 받고 만다. 일을 마치고 돌아오는 길에 미쓰오가 티슈를 가득 든 손으로 걷는데 스마트폰이 울렸다. 료의 전화다.

개인실이 있는 피시방으로 가서 개인실 밑으로 보이는 구두를 하나씩 살피다가 료의 구두를 발견하고 노크했다.

"아, 어서 오세요."

료가 문을 열고 한구석으로 몸을 옮겨 공간을 만들었다. 그래도 무척 좁다. 잠깐 망설이다가 미쓰오는 구두를 벗고 앉았다. 그런데 바로 옆에 막 뜨거운 물을 부은 컵라면이 있다. 리모컨으로 눌러두었지만 엎어지면 큰일이다. 미쓰오는 되도록 컵라면에서 몸을 떨어뜨렸다. 어째 불편한 자세가 됐다.

"계속 여기에 계셨습니까?"

"네."

"제가 따라가도 집으로 들여보내주지 않을 것 같은데요."

"혼자 가면 아예 가망이 없어서요. 아, 드실래요?"

료가 컵라면을 내밀어서 미쓰오는 "됐습니다" 하며 손으로 마다했다.

"통화는 해보셨어요?"

"착신을 거부해놨더군요."

"절체절명의 위기잖아요."

료는 미쓰오의 얼굴 앞에 손을 뻗어 젓가락을 잡는다.

"근데 본인 처지를 인지하고 있기는 한 겁니까?"

"압니다."

"모르는 것 같은데요. 《조조》 22권이나 읽고 있었잖습니까."

미쓰오는 놓여 있던 만화를 가리켰다.

"3부부터 읽기 시작했어요. 아, 읽으실래요?"

내민 만화를 "됐습니다"라며 다시 손으로 마다했다.

"자업자득인 상태잖아요."

"죄송합니다. 이제 안 읽을게요."

"또 다른 여자 집에 묵으면 되지 않습니까."

"하마사키 씨도 말씀하셨잖아요. 생각을 확실히 고쳐먹는 편이 좋다고요."

"먹으면서 생각을 고치고 있다, 이겁니까?"

미쓰오는 컵라면을 후루룩거리는 료를 차가운 눈으로 바라보았다.

* * *

결국 미쓰오와 료는 함께 아카리를 찾아가기로 했다. 이상하게 매번 료의 페이스에 말려든다. 초인종을 누르자 아카리가 얼굴을 내밀었다. 미쓰오 뒤에 숨어 서 있던 료가 손을 들자 아카리는 완벽하게 무시하기로 작정한 듯했다.

"안녕하세요."

아카리는 미쓰오만 똑바로 바라보며 인사했다.

"죄송합니다. 우에하라 씨가 무척 괴로워해서요. 안색도 끔찍하게 안 좋고."

"지난번에도 말씀드렸지만 이제 끝난 이야기예요."

"잘 곳도 없다던데요."

"있을 텐데요. 여자가 많은 사람이니까요."

"그 점은 저도 지적했죠."

"하마사키 씨."

료가 뒤에서 이야기에 끼어들었다.

"저도 그러라고 했습니다. 안색도 안 좋고 외투도 지금 입은 거 달랑 한 벌인 것 같아서요."

"……들어오시죠."

"들어가세요."

아카리와 미쓰오가 옆으로 비키자 료는 안으로 휙 들어갔다.

"화나네요."

아카리는 미쓰오에게 말했다.

"그러시겠죠."

"저 사람이 아니라 하마사키 씨한테요."

"네?"

"하마사키 씨, 언제부터 그렇게 모든 일에 참견하게 됐죠?"

"언제부터였더라……"

"아니면 일부러 그러시는 건가요? 제가 이런 상황이라 꼴좋다 이건가요?"

"꼴좋다. 아니, 그런 건 아닙니다만……"

"정말 화났어요. 이런 모습 하마사키 씨에게 보이고 싶지 않아 요."

"네."

"부끄럽네요."

아카리는 입술을 깨물고 고개를 숙였다.

"실례가 많았습니다. 돌아가겠습니다. 아, 양복만 있나 보네요."

미쓰오는 고개를 숙이고 휙 돌아섰다.

\* \* \*

아카리가 안쪽 방으로 가니 료가 서랍을 하나하나 열어 안을 들여다보고 있다.

"뭘 찾는 거야?"

"머플러."

아카리는 다른 서랍을 열어 머플러를 꺼낸다.

"히트텍은?"

아카리는 또 다른 서랍을 열고 개어놓은 히트텍 상의를 한꺼번에 꺼냈다.

"봄옷은……."

슬슬 짜증이 치밀어 아카리는 거실로 돌아갔다. 가게 예약 노트를 펼치고 내일 손님을 체크하는데 료가 와서 아카리의 양어깨에 손을 얹는다.

"미안, 여기 둘이서 빌린 집인데 못 들어오게 한 건 내가 잘못했어."

아카리가 담담하게 말했다.

"아니……."

"제대로 준비해서 확실히 하자. 그때까지 서로 딱 잘라 나눠서 살면 될 거고, 짐도 나눠서 정리하고……."

료가 뒤에서 아카리의 목에 팔을 두르고 다른 한 손으로 아카리의 손을 잡았다. 아카리는 몸이 딱 굳어서 꼼짝할 수가 없었다.

"나는 싫어. 아카리랑 헤어지기 싫어."

료는 아카리의 손을 계속 잡고 있었다. 여태까지는 이러면 료를 받아들이고 말았다. 하지만 지금은…… 아카리는 료 쪽으로 몸을 획 돌려 눈을 빤히 쳐다보았다.

"미안. 이런 거 기분 나빠."

조용히 그렇게 말하고 료에게서 떨어졌다.

"나는 가게 쪽에서 잘 테니까 이쪽에서 지내."

아카리는 칸막이 커튼을 치고 가게 공간으로 들어갔다.

\* \* \*

미쓰오가 돌아오니 유카가 테이블에서 도시락을 먹고 있었다.

"다녀왔어."

"어서 와."

"먹을 거지?"

유카는 자기 도시락을 내려놓고 봉지에 들어 있는 도시락을 가리켰다.

"놔둬."

"아직 따뜻한데. 뭐야, 왜 기분이 상했어?"

"상하지 않았어. 아주 말짱해."

미쓰오는 주방으로 가서 차를 탔다.

"……있잖아."

돌아선 미쓰오의 등을 향해 유카가 말을 걸었다.

"응?"

"통조림."

"통조림?"

"통조림이 발명이 됐는데 말이지……."

미쓰오가 고등어 통조림을 꺼내서 유카 앞에 놓는다.

"아니야, 가져다달라는 게 아니라."

"그럼 뭐가 필요해?"

"필요하지 않아. 내가 하고 싶은 말은 그런 게 아니야. 사실은 캔 따개가 나중이래."

미쓰오는 서랍에서 캔 따개를 꺼내서 유카 앞에 놓는다.

"아니야, 아니라구. 발명 말이야. 나중에 뒤따라오는 거야. 응? 모르겠어?"

"고양이 캔? 다 떨어졌던가."

"아니야. 그러니까…… 됐어."

유카가 무슨 말을 하려는 건지 미쓰오는 도통 알 수 없었다.

* * *

세탁소를 들여다보니 사토코와 요코야마가 능숙하게 손님을 응대하고 있었다. 그 모습을 보면서 유카는 슈퍼마켓에 갔다.

아, 이렇게 종류가 많구나…… 향신료 진열장 앞에 서서 갖가지 작은 병을 들어본다. 응? 응? 응? 그런데 대체 뭐에 쓰는지 통 모르겠다. 그때 아카리가 다가왔다.

"아."

"안녕하세요."

"저기요, 너트메그가 뭐예요?"

"너트메그? 햄버거 같은 데 넣는 거예요."

"네?"

"네? 이상한가요?"

"아뇨, 저는 이제까지 햄버거에는 소금이랑 후추밖에 뿌린 적이 없어서요. 그것도 까먹어서 케첩으로 얼버무린 적도 몇 번 있구요."

"그건 그거대로 좋죠."

"보세요, 오레가노? 터머릭? 엄청 많잖아요. 세상 여자들은 모두 애들을 써서 요리하는 건가요?"

"사람에 따라 다른 거니까 신경 쓸 필요 없어요."

"쓰는 부류와 쓰지 않는 부류는 완전 다르겠죠. 공작 시간으로 비유하면 내 색연필은 8색이고 다른 사람은 24색을 가진 것 같겠죠? 드래곤퀘스트로 비유하면 노송나무 작대기랑 별똥별검 만큼 전투력이 차이 나는 거죠?"

유카는 자신과 아카리를 번갈아 가리키면서 떠들어댔다.

* * *

결국 유카는 너트메그를 사고 둘이 함께 금붕어 카페에서 차를 마시기로 했다.

"저, 오늘 이거 넣고 햄버거를 만들 거예요."

유카는 슈퍼 봉지 안에서 너트메그 병을 꺼냈다.

"된장을 조금 넣어도 맛있어요."

"곤노 씨, 저는 지금 너트볼, 아니 너트메그로 머리가 가득 차 있으니 변화구 같은 소리는 삼가 주시겠어요?"

"알겠어요."

너트메그 병을 뚫어져라 보는 유카를 바라보며 아카리는 절로 미소가 나왔다.

"역시 전 남편분이랑 닮은 구석이 있네요."

"제가요? 아뇨, 하나도 안 닮았어요. 그 증거로 이혼한 거고요."

"그 증거로 이혼했는데 아직 같이 살잖아요. 저였으면 1초도 같이 있고 싶지 않았을 거예요."

"아."

"함께 지내면 점점 닮아가요."

"점점요? 기껏 2년밖에 안 됐고, 그 사람 엄청 특이하잖아요."

그렇게 이야기하는 유카를 보며 아카리는 '당신도 아주 특이한데요'라고 생각하면서 고개를 끄덕였다.

"그 사람 해마다 1월 1일에 노트를 써요. 그런데 절대로 보여주지 않아서 경마 보러 간 틈에 몰래 봤죠……."

"아."

"응?"

"아, 아뇨."

"혹시 알아요?"

유카가 아카리의 얼굴을 살핀다.

"아뇨."

"분명히 아는 얼굴인데요?."

"……좋아하는 동물 베스트 10인가요?"

아카리는 체념해서 말했다.

"그거요, 그거!"

유카는 웃으면서 아카리를 가리킨다.

"어머, 아직도 매겨요?"

아카리도 참지 못하고 웃음을 터뜨렸다.

"그런데 그렇게 옛날부터 하던 일이었네요. 어, 그럼 10년? 그 시절에는 어떤 동물이 1위였어요?"

"말레이맥요."

"말레이맥은 지금 8위예요."

"8위? 그럼 지금 1위는 뭐예요?"

"에뮤요. 커다란 새 있잖아요."

"더 마니아스러워졌네요."

"바보 같다니까요."

두 사람 다 눈물이 나올 정도로 웃었다.

"웃기죠. 잠꼬대로 곧잘 알 수 없는 소리를 해요."

아카리는 내심 짐작 가는 바가 있었지만 이번에는 표정에 드러내지 않았다.

"들은 적 있어요?"

아카리는 고개를 가로저었다.

"'아니, 아닙니다, 코끼리 두 마리랑 얼룩말 다섯 마리를 달라고 했잖아요' 같은 소리를 해요. 마구 화를 내면서요. 대체 뭘 사는 거람."

아카리는 알고 있었지만 미소 지으며 듣기만 했다.

"어제는 무슨 사사즈카가 좋다던가."

어…… 아카리는 튀어나오려던 소리를 간신히 삼켰다.

"신이 나서 빨간 소파가 어쨌네 저쨌네. 진짜 이상하죠?"

"……그러네요."

"옛날에는 그러지 않았어요?"

"잘 모르겠어요."

"……아, 좀 이상한가? 전처랑 예전 애인이 함께 그 사람 얘기를 하는 거."

유카는 그다지 민감한 것 같지 않지만 알아챘을까. 하지만 말을 꺼냈다가는 괜히 더 의심을 살 것 같아서 아카리는 그냥 웃었다.

"……왤까."

유카가 중얼거렸다.

"네?"

"왜 곤노 씨 같은 분이랑 사귀던 남자가 이런 여자랑 결혼했을까요."

"무슨 소리세요."

"다르잖아요."

번갈아 가리키는 유카를 보며 아카리는 의아해했다.

"곤노 씨처럼 머리 좋고 꼼꼼한 사람이 어울리는데. 전, 잘못 고른 거죠."

"그렇지 않아요."

"아니에요, 맞아요."

아카리는 완강하게 대꾸하는 유카를 보고 놀라서 아무 말도 하지 못했다. 두 사람 사이에 침묵이 흘렀다.

"……고기 냉장고에 넣어야 하지 않나요."

아카리가 슈퍼 비닐봉지를 가리켰다.

"……아, 그러네."

유카가 대답한다. 두 사람은 계산을 하고 가게를 나와 걸었다.

\* \* \*

두 사람은 말없이 메구로 강가를 걸었다. 유카가 갑자기 멈추더니 입을 열었다.

"곤노 씨는 11월에 이사 오셨던가요?"

"네, 맞아요."

"그럼 메구로 강의 벚꽃을 아직 보지 못했겠네요."

"그러네요. 제대로 본 적은 없어요."

"봄이 되면 예뻐요."

유카는 난간 앞에 서서 강가 벚나무를 올려다보았다. 얼마 전에도 혼자서 올려다보았다. 아직 봉오리조차 맺지 않았다.

"그렇겠네요. ……하지만 벚꽃은 무서워요."

아카리가 말했다.

"……뭐가요?"

"그냥요."

아카리는 미소 지으며 "다음에 봐요" 하고 걸어갔다. 작은 체구의 아카리의 등이 멀어진다. 유카는 괜히 불안해져서 그 등을 지켜보았다.

* * *

료가 와인을 사서 돌아오니 아카리가 통화하는 소리가 들렸다.

"네, 16시요."

아카리는 예약 노트를 확인했다. 료가 휙 보니 선반 위 액자에 사진이 없다. 얼마 전까지는 온천에서 찍은 두 사람 사진이 있었는데…….

"괜찮습니다. 네. 16시 이다 님. 네, 그럼 나중에 뵙겠습니다."

아카리는 수화기를 내려놓고 돌아보았다.

"바쁜가 보네."

료가 미소 짓자 아카리는 고개를 살짝 끄덕이고 눈을 피한다. 그러더니 가게로 가서 마사지 침대를 정돈했다.

"밤에 추워진대."

료가 말을 걸어도 아카리는 대답하지 않는다.

"흐음, 공기가 좀 답답하지 않아?"

역시나 아카리는 반응이 없었다. 괜히 식탁에 눌린 컵 자국을 손가락으로 만지작거리더니 료는 벌떡 일어나 화장실에 갔다. 문을 닫고 변기에 앉아 물을 튼다. 깊은 한숨을 토해내고는 손바닥으로 얼굴을 덮고…… 흐르는 물소리 속에서 어깨를 들썩였다.

\* \* \*

"나 왔어."

미쓰오가 돌아왔다.

"어서 와. 배고프지?"

유카는 계란밥을 먹으면서 미쓰오에게 물었다.

"괜찮아. 할머니 가게에 갔다 올게."

미쓰오는 다시 겉옷을 입고 나가려고 했다. 쓸쓸한 기분으로 유카가 미쓰오의 뒷모습을 바라보는데 그가 돌아보았다.

"탄내 나지 않아?"

"……옆집 아니야?"

"그런가. 갔다 올게."

"……아."

"응?"

"……통조림."

"아, 맞다. 사 올게."

미쓰오는 마틸다와 핫사쿠를 보더니 그렇게 말하고 나가버렸다.

탄내가 나는 이유는 햄버거를 태워버렸기 때문이다. 너트메그를 넣을지 말지는 다음 문제였다. 유카는 생각난 김에 밥에 너트메그를 뿌려서 먹어보았다.

"……맛없어."

어쩐지 눈물이 날 것 같았다.

* * *

"아프셨죠? 조금 세게 누를 게요."

아카리는 여성 고객을 마사지하고 있었다. 그때 파티션 틈으로 안쪽 방에서 나오는 료가 보였다. 근심 어린 눈으로 아카리를 바라본다. 손에 든 커다란 가방으로 아카리는 료가 작별 인사를 고하고 있다는 것을 알았다. 아, 나가는구나…… 아카리는 시술하는 손을 놀리면서 료를 멍하니 바라보았다.

안녕. 소리 내지는 않았지만 료가 작별을 고하듯이 살짝 미소 지었다. 아카리는 저도 모르게 손을 멈추었다. 료는 표정을 지우고 아카리의 시선을 떨치고 나갔다.

쾅. 문이 닫히는 소리에 아카리는 망연해졌다.

"이래서 내일 기모노를 입을 수 있을까."

손님 목소리에 놀라서 정신이 들었다.

"괜찮아요. 조금만 더 참으세요."

아카리는 다시 손을 움직였다.

* * *

유카가 비참한 기분으로 고양이 사료 그릇을 닦는데 식탁 위에 둔 전화가 울렸다. 준노스케다. 집 앞에 왔다고 한다.

"어쩐 일이야?"

겉옷을 걸치면서 나가자 스쿠터에 걸터앉은 준노스케가 눈을 치뜨고 유카를 쳐다본다.

"……이혼했죠?"

"응."

"그럼 왜 계속 헤어진 남편이랑 같이 사는 거죠?"

"그건 그러니까 가족한테 아직 말 못하기도 했고, 가게도 내가 없으면 안 되기도 하고…… 사정이 있어."

그러자 준노스케는 주머니에서 종이를 꺼내 유카에게 내밀었다. 받아들어 펼쳐 보니 혼인신고서다. 이미 준노스케 이름이 적혀 있다. 유카는 순간 컥컥 사레가 들렸다.

* * *

금붕어 카페에 가는 길에 미쓰오는 강 반대편을 걸어가는 료를 보았다. 그러고 보니 손에 큰 짐을 들고 있다. 이상하게 여기며 돌아가는 길에 편의점에 들러 고양이용 통조림을 사서 집 앞까지 오니 유카와 준노스케가 보였다. 평소처럼 대화를 나누는 것처럼 보여서 그냥 집으로 들어갈까 하다가 돌아서서 메구로 강가로 돌아갔다.

자기도 모르게 발걸음을 서두르다가 고양이용 통조림이 든 편의점 봉지를 떨어뜨리고 말았다. 미쓰오는 돌아가서 주우려다 다리 위에 선 아카리를 발견했다.

아카리의 옆모습이 몹시 비통해 보여 차마 말을 붙이지 못하고 있는데, 아카리가 문득 고개를 돌렸다가 미쓰오와 눈이 마주쳤다. 미쓰오가 다가가자 아카리는 돌아서서 걸어간다.

어? 그냥 내버려두지 못하고 미쓰오는 통조림도 줍지 않고 아카리의 뒷모습을 좇았다.

\* \* \*

유카와 준노스케는 미쓰오와 아카리가 걸어간 반대쪽 강가를 걸었다.

"이야기는 할머님 가게에서 들을 거야."

유카는 자신이 아직 혼인신고서를 들고 있는 걸 깨닫고 되돌려주려고 준노스케에게 내밀었다.

"갖고 있어요."

"……나를 오해하고 있구나. 나는 집안일 하나도 못 해. 덤벙대고. 진짜로 아무것도……."

"유카 씨야말로 오해하고 있어요. 유카 씨는 못나지 않았어요. 덤벙대는 게 아니라 대범한 거잖아요."

어…….

유카는 저도 모르게 말문이 막혔다.

* * *

"왜 도망치십니까?"

미쓰오가 아카리에게 말을 걸었다.

"도망치지 않았어요."

아카리는 걸음을 멈추지 않고 대답했다.

"아까 전에 우에하라 씨를 봤습니다. 커다란 가방을 들고 있더군요."

"그랬군요."

"그 모습을 보니 왠지……."

"하마사키 씨는 여전히 좋아하는 동물 베스트 10을 매긴다면서요."

"어……."

"아, 미안해요."

아카리가 돌아보았다. 그리고 입을 쩍 벌린 미쓰오를 보고 뭐가 웃긴지 웃음이 터져 나왔다.

유카는 걸으면서 준노스케에게 이야기했다.

"우리 집에 고양이가 있지만, 사실은 살아 있는 동물이랑 안 친해. 초등학생 때 금붕어 담당이었는데 금붕어 먹이를 자꾸 깜빡하는 바람에 다 죽어버려서 애들이 금붕어 죽이는 담당이라고 놀렸어."

"그래서 어쨌다고요?"

"과자를 먹으면 마지막에 꼭 이렇게 해."

유카는 봉지를 거꾸로 들고 입에 털어 넣는 시늉을 했다.

"다들 그렇게 해요."

"그리고 말이지……"

"저 놀려요? 나는 유카 씨가 금붕어를 죽이든 과자를 지저분하게 먹든 싫지 않아요."

아무리 그래도…… 유카는 저도 모르게 걸음이 빨라져 앞서갔다.

"……알아. 네가 그런 애인 건 잘 알아. 분명히 그럭저럭 제법 잘 맞는다고 생각해. 우리 말이야."

유카는 손가락으로 자신과 준노스케를 차례로 가리켰다.

* * *

미쓰오와 아카리는 반대쪽 강가를 걸었다.

"봄이 되면 이 길이 온통 벚꽃으로 가득 차겠네요."

"사람도 엄청나죠. 다들 술을 들이켜고 떠들어대죠."

"아……."

"전 벚꽃이 정말 끔찍해요."

"네?"

아카리는 미쓰오의 얼굴을 쳐다보았다.

"벚꽃 놀이 시기는 대개 아래를 보며 걷습니다."

"어째서요?"

아카리가 고개를 갸웃한다.

"좀 무섭지 않나요, 벚꽃."

아…… 나랑 똑같다…… 아카리는 생각했다. 두 사람은 벚나무 아래에서 고개를 숙였다.

* * *

"난 벚꽃을 정말 좋아해."

유카는 반대쪽 강가를 걸으면서 준노스케에게 말했다.

"저도 좋아해요."

"여기 강가에 벚나무에 꽃이 전부 활짝 피면 사람들이 우르르 모이고 다들 위를 올려다봐. 결혼해서 여기 왔을 때, 아, 그렇구나, 나는 벚꽃이 보이는 집에 시집을 왔구나 싶어서 기뻤어."

두 사람은 멈추어 서서 벚나무를 올려다보았다.

"꽃놀이는 최고야."

* * *

"꽃놀이는 최악입니다."

미쓰오가 말했다.

"이딴 나무 전부 쓰러뜨려서 메구로 강을 따라 그대로 도쿄 만에 잠겨버렸으면 좋겠습니다. 물론 이런 사람은 소수파겠지만요."

"……저도."

"네, 좋아하시겠죠."

"그게 아니라 벚꽃, 싫어해요."

아카리의 말에 미쓰오가 놀란 표정을 지었다.

"똑같은 걸 싫어하다니 반갑네요. 벚꽃을 싫어하는 사람은 별로 없잖습니까. 벚꽃이 싫다고 하면 범죄자 취급한다고요."

"아무리 그래도 전부 쓰러졌으면 좋겠다는 생각까지는 않지만요."

아카리가 쓴웃음을 지었다.

"그거야 그냥 과장한 말이고요."

미쓰오도 따라서 웃는다. 두 사람은 어느새 아카리의 집 앞까지 걸어왔다.

"아, 조금 전에 어딘가 가려고 했던 거 아닙니까."

"술이라도 한잔하러 갈까 했어요."

"아, 방해해서 죄송합니다."

"이 근처에 혼자 갈 만한 가게가 있나요?"

"혼자 마실 곳이요? 음……."

미쓰오는 주변을 둘러보았다.

* * *

"같은 꽃을 보고 똑같이 예쁘다고 생각하는 사람과 함께하는 게 가장 행복하겠지."

다리 근처까지 와서 유카는 절실하게 중얼거렸다.

"내가 행복하게 해줄게요."

순수한 눈동자로 말하는 준노스케를 유카는 진지한 얼굴로 바라봤다.

"미안, 안 돼. 너는 아니야."

그리고 똑 부러지게 말했다.

"좋은 애라고 생각하고 생각하지만, 행복해지기 위해 사람을 좋아하는 게 아니니까."

준노스케는 아무 말 않고 침묵을 지켰다. 그러다가 들고 있던 혼인신고서를 꾸깃꾸깃 구겨서 유카에게 있는 힘껏 던졌다.

"망할 아줌마!"

하지만 그 얼굴은 웃고 있다.

"망할 꼬맹이."

유카도 웃었다. 그때 다리 앞에 떨어져 있는 편의점 봉지를 발견했다. 주워보니 고양이용 통조림이 들어 있다.

어? 유카는 주위를 둘러보았다.

* * *

"으음, 저기 두 번째 다리에서 꺾으면, 아, 그 가게는 벌써 망했구나."

미쓰오는 진지한 얼굴로 아카리가 혼자서 한잔할 만한 가게를 고민했다.

"야마테 도로가에 아, 하지만 거기는 많이 시끄럽고."

"괜찮아요. 적당히 찾아서 들어갈게요. 감사합니다."

아카리는 인사하고 걸어갔다.

"잘 가요."

미쓰오는 그녀의 뒷모습에 대고 인사했다. 하지만 어쩐지 아직 더 할 말이 있었던 것만 같아서…….

"……저기요!"

소리치자 아카리가 돌아본다.

"네?"

"정말 싫어하는 말이 있습니다."

"네?"

"정말 싫어하는 말이 있어요. 그래서 살면서 딱 한 번 사람을 때린 적이 있습니다. 곤노 씨, 아시겠지만 저는 초등학생 때부터 동물원 사육사가 되고 싶었어요. 그래서 동물원에 취직했었어요."

"아, 그랬군요."

"네. 대학을 졸업하고 동물원 운영법인에 취직했습니다. 그런데 그랬다가 그만뒀어요. 왜냐면 말이죠. 아, 지금 시간 괜찮으십니까?"

"괜찮아요."

"아. 그러니까 취직해서 단체 등지에 티켓을 판매하는 영업 같은 걸 한동안 했습니다. 몇 년 뒤에는 현장에서 일하고 싶다고 생각하면서요. 그런데 같은 부서에 다마키 씨라는 서른 살쯤 된 여자 분이 있었어요. 어느 날 그분 아들이 사고로 세상을 떠났어요. 그래서 한 달 정도였나, 회사를 쉬기로 했는데 무슨 이유에서인지 회사에 일찍 나오게 됐어요. 조금 떨어진 자리에 있던 제 눈에도 정말 야위어 보였지만 그래도 일은 정말 열심히 했어요. 그런데 부장이, 부장이 있었어요. 그 부장이 와서는 다마키 씨를 일으켜 세우고는 팔을 붙들고 그러는 겁니다. 지지 마. 지면 안 돼. 힘내, 힘내야 해. 제 자리에서 다마키 씨의 떨리는 어깨가 보여서…… 그래서 정신이 들고 보니 제가 부장을 패고 있었습니다."

아카리는 미쓰오의 이야기를 가만히 들었다.

"회사에서 잘리고…… 그러니까 사실은 이런 말은 하면 안 되는 거 압니다. 속으로만 생각해야 하는 일이죠. 하지만…… 곤노 씨."

"네."

"힘내세요."

"……"

"기운 내세요."

"……."

"……죄송합니다. 쓸데없는 소리를 했습니다. 실례했습니다."

미쓰오는 고개를 떨구고 발길을 돌려 잰걸음으로 걸었다.

"하마사키 씨."

아카리는 반사적으로 미쓰오를 불렀다.

"죄송합니다!"

미쓰오는 돌아보지 않고 말했다.

"하마사키 씨."

"미안합니다!"

"고마워요!"

미쓰오는 놀라서 걸음을 멈추고 돌아보았다.

"고마워요. 기뻐요."

아카리는 웃고 있었다.

"괜찮으면 같이 하실래요, 딱 한 잔만?"

"……네!"

미쓰오도 미소 짓고 아카리에게 달려가 나란히 걸었다.

* * *

유카는 집으로 돌아와 핫사쿠와 마틸다에게 통조림을 따서 주었다. 전화를 들고 미쓰오의 이름을 찾았다. 전화를 걸까 말까……. 유카는 좀처럼 통화 버튼을 누르지 못했다.

&#42; &#42; &#42;

미쓰오와 아카리는 작은 바 카운터에 나란히 앉았다.

"이 술 꽤 세네요."

칵테일을 마시는 미쓰오를 보고 아카리는 웃었다.

"옛날에는 한 방울도 못 드시지 않았어요?"

"……아, 보실래요?"

미쓰오는 핸드폰으로 동영상 재생 사이트를 열었다.

"또 해달인가요."

"아뇨, 에뮤입니다."

미쓰오의 말에 아카리가 풉 하고 웃음을 터뜨렸다.

"어, 뭡니까. 너무 좋아하시는 거 아니에요?"

그렇게 말하면서도 미쓰오는 아카리가 웃는 얼굴을 보여준 것이 기뻤다.

&#42; &#42; &#42;

역시 걸자. 몇 번인가 미쓰오의 이름을 누를까 말까 하던 순간 현관 열리는 소리가 들렸다. 유카는 전화를 내던지고 책을 들고 소파에 누웠다.

"……어서 와."

기다렸다는 티를 내지 않고 인사하자 미쓰오는 의자에 앉아 한숨을 휴 쉬었다.

"술 마셨어?"

45

쳐다보니 미쓰오는 후훗 하고 웃는다.

"뭐야, 기분 나빠."

"곤노 씨가 웃었어."

뭐? 유카는 한순간 잘못 들었나 싶어 미쓰오를 바라보았다.

"웃었어. 오랜만에."

미쓰오는 정말로 기뻐 보였다. 그렇구나. 아카리를 만났고 그녀가 웃어주어서 기분이 좋구나.

"잘됐네."

유카는 책에 얼굴을 묻었다. 미쓰오는 그대로 자기 방으로 삼은 안쪽 다용도실로 들어간다. 핫사쿠와 마틸다가 곁에 왔지만 유카는 얼굴을 가린 채 꼼짝하지 않았다.

* * *

아침에 미쓰오가 일어나자 탁탁탁탁 도마를 두드리는 소리가 들렸다. 나가서 보니 유카가 아침을 하고 있다. 놀랍게도 된장국을 끓이고 말린 전갱이를 구웠다.

"잘 잤어?"

"응……."

의아해하며 화장실에 가니 칫솔이 깔끔하게 정리되어 있고 수건이 반듯하게 걸려 있다. 대체 무슨 일이 일어난 걸까. 고개를 갸웃하면서 화장실에서 나오니 식탁에 아침 식사가 차려져 있었다.

"잘 먹겠습니다."

둘이서 아침을 먹는다.

"뼈 괜찮아?"

"뼈?"

미쓰오는 말린 전갱이에 젓가락을 찔러 가시를 찾았다.

"전갱이 말고 당신 뼈."

"아, 이제 일어날 때 살짝 아픈 정도야."

"아, 그래. 흐음."

"뭐야."

"아, 요코야마 씨 만났어? 가게 본사에서 온 사람. 일을 되게
잘해."

"아, 인사했어. 머리 짧게 친 사람 말이지?"

"짧게 쳤다니······." 유카가 웃었다.

"아주 성실한 사람이고, 좋은 사람이고, 그 사람이면 맡겨도 되
겠어."

"조심해. 그런 좋은 사람은 화장실에 일력 캘린더 같은 걸 걸기
십상이니까. 수상한 좋은 글귀 적혀 있는 거 말이야. 주의하지 않
으면 그치지 않는 비는 없다거나 밝지 않는 밤은 없다는 소리를
한다니까. 기분 문제랑 날씨나 하늘을 똑같이 보기 시작한단 말
이야. 애초에 날씨처럼 인간의 힘으론 어쩌지 못할 걸 굳이 얘기
해서 어쩌자는 건지······."

평소처럼 미쓰오가 비꼬며 떠드는 이야기를 유카는 되받아치
지 않고 웃는 얼굴로 들었다.

"잘 다녀와."

미쓰오가 바깥 길을 걷는데 머리 위에서 목소리가 들렸다. 응? 올려다보니 유카가 베란다에서 몸을 내밀고 손을 흔든다.

"잘 다녀와!"

"……응."

미쓰오는 손을 살짝 들고 대체 무슨 일인가 의아해하면서 걸어갔다.

* * *

미쓰오를 보내고 유카는 굳게 결심한 표정으로 슈퍼에 갔다. 다진 고기 등을 장바구니에 담고 계산을 마치고 꽃집에서 꽃을 사고 문구점에서 편지지 세트를 샀다. 양손 가득 비닐봉지를 들고 집으로 돌아와 휴우 하고 한숨을 쉬고는 의자에 앉았다.

아니 이래선 안 된다. 태평하게 앉아 있을 시간이 없다. 유카는 일어났다.

〈별빛의 오솔길〉을 부르면서 청소를 한다. 잔뜩 사 온 고양이용 캔을 늘 두던 곳에 쌓고 핫사쿠와 마틸다에게 물을 줬다. 할짝할짝 물 먹는 모습을 흐뭇하게 지켜본 뒤 자신의 짐을 꺼내 쓰레기봉투와 상자에 나누고 상자는 현관에 옮겨 쌓았다. 부엌에서 꽃을 다듬어 꽃병에 꽂았다. 솜씨가 없어서 예쁘지는 않지만 누차 시도한 끝에 봐줄 만한 정도에서 만족했다. 그때 택배업자가 와서 상자를 맡겼다.

그러고는 편지지 세트를 꺼내 등을 꼿꼿하게 펴고 앉아 편지를 썼다.

미쓰오 씨에게

미쓰오 씨라니. 지금 내가 쓰면서 깜짝 놀랐어요. 당신을 이름으로 부른 게 언제였는지 기억나지 않을 정도로 오랜만인 것 같아 긴장이 됩니다. 아무튼 보고할게요. 저는 집을 나갑니다. 방을 보고 놀랐나요. 입이 벌어졌나요. 지금 설명할 테니 일단 입을 다물어요.

미쓰오 씨, 역시 이대로 같이 사는 건 이상한 것 같아요. 우리는 이혼한 지 꽤 되었는데 문제가 있다고 봐요. 어떤 문제인지는 잘 설명할 수 없지만, 최근에 아무래도 또 당신을 보면 이상하게 마음이 떨려요.

제 나름대로 이런 떨림을 지우거나 원래대로 되돌리려는 노력을 해보았지만 둘 다 실패했어요.

당신을 이상하다고 말했지만 아무래도 누구보다 이상한 건 저인 것 같습니다. 많은 일들을 제대로 조절할 수 없어요. 좋아하는 사람과는 살면서 마음이 맞지 않고, 마음이 맞는 사람은 좋아지지를 않아요. 저는 당신의 말이나 행동에는 하나도 동의할 수 없지만 그래도 좋아해요. 애정과 생활은 언제나 충돌하지만 그건 제가 살아가면서 떠안아야 할 무척 성가신 병입니다.

전에 영화관에 갔었죠. 제가 10분 지각했을 때요. 횡단보도 건너편 약속장소에 당신이 서 있었습니다. 추운지 주머니에 손을 넣고 있었어요.

이 사람은 지금 나를 기다리는구나. 그렇게 생각하니 왠지 기뻐서 줄곧 지켜보고 싶었어요. 영화보다 훨씬 멋진 광경이었어요. 당신을 몰래 보는 게 좋았습니다.

유카는 여기까지 쓰고 잠깐 쉬는 김에 냉장고에서 다진 고기를 꺼내 햄버거를 만들었다. 물론 반죽할 때에는 너트메그를 뿌렸다.

당신은 수줍음이 많아 좀처럼 나를 보지 않아서 훔쳐볼 기회가 가끔 있었어요. 메구로 강을 둘이 나란히 걸을 때 몰래 봤답니다. DVD를 볼 때, 책을 읽을 때, 늘 당신을 훔쳐보면서 자연스레 가슴이 뛰었어요. 벚꽃이 보이는 집에 시집을 와서 벚꽃을 싫어하는 사람과 함께 살면서, 하지만 당신 생각보다 훨씬 더 저는 당신에게 기댔고 포용력과는 조금 다르지만 당신 옆에서 안락함을 느꼈습니다. 종일 양지바른 곳에 있는 듯한 그런 기분요. 고양이처럼 말이죠. 어쩌면 나는 이 집에 사는 셋째 고양이 같은 존재였는지도 모르겠습니다.

맛있는 밥 고마워요. 따뜻한 침대 고마워요. 무릎 위에서 머리를 쓰다듬어주어서 고마워요. 당신을 올려다보거나 내려다보거나 훔쳐보거나 빤히 보거나 그런 일이 무엇과 바꿀 수 없는 행복이었습니다. 미쓰오 씨, 고마워요.

스스로 헤어지기로 했지만 조금 쓸쓸한 마음도 듭니다. 하지만 혹시 또 당신을 몰래 보고 싶어졌을 때, 당신에게 말을 걸고 싶을 때는 또 어딘가에서……

유카의 손이 멈추었다. 이건 좀 잘못된 것 같다. '또 어딘가에서'
를 지우개로 지운다. 다른 말을 쓰려고 했지만 생각나지 않는다.

어쩐다……. 한참을 편지지를 보던 유카가 쓴웃음을 짓고 편
지를 찢었다. 찢어서 손에 꼭 쥐어 꾸깃꾸깃 꾸겼다. 그러고는 옆
에 둔 슈퍼 전단지를 빼서 뒷면에 적당히 갈겨썼다.

응, 이거면 돼. 유카는 만족스럽게 미소 짓고 전단지를 식탁에
올려놓았다.

* * *

역에서 길을 걸어온 미쓰오는 신사 앞에서 고개를 살짝 숙이
고 합장한 뒤 메구로 강가를 걸어 집으로 돌아왔다. 집 안은 캄캄
했다. 불을 켠 미쓰오는 놀라서 우두커니 섰다.

어지럽던 방은 깨끗하게 치워졌고 짐이 많이 줄었다. 그러고
나서 이해했다. 유카의 짐이 없다. 침실에도 유카의 짐은 보이지
않았다.

어? 어? 이상하게 생각하며 거실 식탁 위를 보니 꽃을 꽂은 꽃
병이 있다. 옆에 놓인 전단지에 뭐라고 적혀 있다.

'냉장고에 햄버거 있어. 데워서 먹어. 전처가.'

냉장고를 여니 접시에 담긴 햄버거가 있었다. 조금 탔다.

무슨 일이지? 그대로 멍하니 있는데 초인종이 울렸다. 햄버거

접시를 든 채 어째서인지 덜렁 남겨진 짐볼을 피하면서 현관으로 간다. 유카일 거라 생각하고 허둥지둥 문을 여니 료가 서 있었다. 전날 보았을 때와 마찬가지로 커다란 가방을 들고 있다.

"……지금 좀 손을 떼기가 힘든데요."

"제가 들까요."

"그게 아니라요, 무슨 일입니까?"

"아. 한동안 신세 질 수 있을까 해서요."

"……지금 손 떼기가 힘든데."

* * *

그 무렵 유카는 교외 작은 역 승강장에 있었다. 사람이 거의 없는 승강장에서 추위에 떨면서 전철이 오기를 기다렸지만 좀처럼 오지 않는다. 에취. 텅 빈 승강장에 울릴 만큼 커다란 재채기가 나왔다.

"……괴로워."

유카는 추위와 외로움에 몸을 움츠렸다.

결혼해서 이혼하고 오늘에 이르기까지 이 집에 꽃이 장식된 적이 있었을까. 굳이 나가는 날에 꽃을 놓고 가다니…… 미쓰오는 꽃병의 꽃을 보면서 유카의 휴대폰에 전화를 걸었다. 하지만 몇 번을 걸어도 통화 중이었다.

"아마 착신을 거부해놓은 걸 거예요."

료는 어째서인지 주방에서 설거지를 하고 있다.

"……그럴 리가 없습니다."

"통화 중이면 맞아요. 착신 거부예요."

"아니……."

"착신 거부입니다."

"우에하라 씨, 왜 여기 계시죠?"

미쓰오는 다시 료 쪽으로 몸을 돌렸다.

"가와이 씨가 주무셔서요."

"가와이 씨?"

"가와이 씨는 부교수예요. 졸업전시회 때문에 수면실에 가와이 씨가 묵고 계신데 저도 일단 가와이 씨에게는……."

"가와이 씨 얘긴 됐습니다. 친구네 집에 가면 되잖습니까."

"그래서 여기 온 건데요."

"우리가 친구일까요…… 이참에 터놓고 말하면 제 아내가 집을 나갔어요. 지금 저 혼자라고요."

"마침 잘됐네요."

"네? 잠깐만요, 지금 뭐라고 하셨죠?"

미쓰오는 바닥에 벗어놓은 양말을 주워 료에게 내민다.

"양말은 왜 벗었어요."

"지금 세탁기가 어디 있나 물어보려고 했어요."

"우에하라 씨, 제가 왜 이혼했는지 아십니까?"

료는 말없이 고개를 갸우뚱한다.

"제가 예민하기 때문입니다. 지금 고치려고 하고는 있지만 엄청나게 까다롭고 잔소리가 심합니다."

"괜찮아요. 저는 예민한 사람을 신경 쓰지 않거든요."

료는 양말을 들고 화장실로 들어갔다. 미쓰오는 그 모습을 지켜보며 어이없어하다가 다시 한번 유카가 남긴 노란 꽃으로 시선을 옮겼다.

\* \* \*

그날 밤 뭔가 꿈틀대는 기척을 느끼고 미쓰오는 눈을 떴다. 안대를 벗고 방 안을 둘러보자 바닥에 이상한 덩어리가 있다. 자세히 보니 모포를 뒤집어쓴 료다.

"……뭐하는 겁니까?"

"저쪽은 추워서요."

"그럼 말을 하지 그랬어요."

"깨우면 화내실 것 같아서."

"화냅니다."

"예민하다고 하셨죠."

"지금 이 상황은 예민하지 않은 사람도 화낼 겁니다."

"네."

료는 일어나 풀이 죽은 얼굴로 침실을 나가려고 했다.

"아니, 됐어요."

하는 수 없이 말하자 료는 다시 바닥에 웅크렸다.

"왜 늘 제가 나쁜 사람처럼 되는 겁니까……."

미쓰오는 뭔가 석연치 않았다.

"하마사키 씨, 아내분이랑 맞지 않는 것처럼 보이지 않았어요."

"싸움이 끊이지 않았습니다."

"그런가요? 저희는 싸우지 않는 게 문제가 아니었나 싶은데요."

"그쪽이 끝난 건 우에하라 씨의 바람이 원인이잖습니까."

"끝난 걸까요……."

"네?"

"아직 아카리를 좋아합니다."

"……."

"하마사키 씨는 아내분을 더 이상……."

"안녕히 주무세요."

미쓰오가 이불을 뒤집어쓰자 료도 "안녕히 주무세요"라고 대답했다. 안대를 차려고 더듬더듬 뒤적이는데 손에 뭐가 걸렸다. 뭔가 하고 집어 들자 유카의 머리끈이다. 이 끈으로 늘 앞머리를 아무렇게나 묶어서 상투처럼…… 미쓰오는 어둠 속에서 머리끈을 한참 바라보았다.

* * *

이튿날 미쓰오는 치과 진료를 마치고 컵에 든 물을 마시면서 말했다.

"결혼은 인생의 일부에 지나지 않지만 이혼에는 인생의 전부가 있습니다. 앞으로 영영 봄 따위 오지 않을 것 같습니다. 빙하기예요. 레미라제블입니다. 《레미라제블》 영화 보셨습니까? 저는 아직 보지 못했어요. 이혼하는 바람에."

반응이 없어서 돌아본다. 치위생사는 모리타 호노카라는 명찰을 달고 있다.

"……원래 계시던 분은 어디 계세요?"

"나나요? 결혼한다고 그만뒀어요."

"네? 뭐라고요?"

미쓰오는 할 말을 잃었다.

* * *

일을 마치고 집으로 돌아와 현관에 아무렇게나 벗어 놓은 료의 신발을 신발장에 넣고, 놓여 있는 짐볼을 피하며 집으로 들어간다. 료가 앞치마를 하고 식탁에 요리를 늘어놓았다.

"……뭐하는 겁니까."

"새우튀김요. 저번에 패밀리 레스토랑에서 드시고 싶어 했잖아요."

"정말 오래전 얘기로군요."

"아, 역시 전화로 여쭤볼 걸 그랬군요."

"왜 제가 일하는 중에 우에하라 씨 전화를 받고 저녁에 뭐 먹고 싶으냐는 질문을 들어야 합니까."

"죄송합니다."

"저는 독신으로 돌아갔어요. 괴롭지만 하다못해 혼자 사는 홀가분함을 만끽하고 싶군요. 혼자서 여러 생각을 하고 많은 일을 돌아보며……."

이야기하는 중간에 초인종이 울렸다. 이런 시간에 누구일까.

"아, 제 건가 봐요. 어제 인터넷으로 책을 주문했거든요."

료가 일어나 현관으로 향한다.

"왜 멋대로 우리 집 주소로……."

미쓰오도 현관으로 나가니 료가 잠금장치를 푸는 참이었다. 문밖에는 유카의 아버지 다케히코가 상복을 입고 서 있었다.

"아."

미쓰오가 저도 모르게 외쳤다.

"오. 소금 좀 주겠나?"

다케히코의 말에 료가 "네" 하고 소금을 가지러 갔다. 미쓰오가 놀라움을 감추지 못하고 입을 열었다.

"장인어른."

"이보게, 나왔어."

"네?"

"거기에 낀 돌이 나왔다고."

다케히코는 가랑이 사이를 가리키고 말하면서 환한 얼굴로 미쓰오의 손을 잡았다.

"……축하드립니다."

오른손을 잡힌 채 미쓰오는 이 상황을 어떻게 설명해야 할지 몰라 웃는 얼굴에 경련이 났다.

\* \* \*

"우리 딸은? 장 보러 갔나?"

다케히코의 질문에 미쓰오는 가슴이 철렁했지만 "아, 아뇨" 하고 고개를 가로저었다.

"동창회에 갔나."

"아뇨."

"또 싸웠어? 이번에도 집을 나간 거야?"

"가출이 아니라……."

"변명하지 마. 됐네, 됐어. 부부 일에 참견하지 않겠네."

장례식 때문에 도쿄에 왔다는 다케히코는 상복을 벗고 내복 바람이다.

"추워. 이 집 춥구먼. 목욕해도 되나?"

"아, 지금 더운물을 받겠습니다."

"잠옷을 빌려주겠나."

"아, 네."

"팬티도."

"……사 오겠습니다."

"아깝게, 뭘 그래. 그냥 자네 팬티로 주게."

"……."

역시 호시노 집안사람과는 맞지 않는다.

* * *

이튿날 미쓰오와 다케히코는 숄더백을 비스듬히 메고 관광객 같은 복장으로 스카이트리(2012년 643미터의 높이로 완공된 전파송출탑으로 세계에서 두 번째로 높은 인공 구조물 – 옮긴이)를 올려다보았다. 스카이트리 관광은 다케히코가 원했다.

"상상보다 훨씬 크구먼."

"깜짝 놀랐습니다. 와, 여태 우습게 여겼는데 여기 굉장하네요. 우와, 이거 어쩌지."

푸른 하늘에 우뚝 솟은 스카이트리의 어마어마한 높이에 미쓰오도 엄청나게 흥분했다.

"와아⋯⋯."

전망대에 가자 미쓰오는 유리에 딱 달라붙어 눈앞에 펼쳐진 도쿄의 경치를 바라보았다.

"자네 집은 어느 방향이지?"

"아, 찾아보시게요? 이쪽입니다."

미쓰오는 완전히 들떠 있었다. 자기 집 방향을 가르쳐주고 난 다음은 강화 유리판이다. 다케히코는 투명한 유리판 위에 서서 브이를 한다. 미쓰오가 스마트폰으로 다케히코의 사진을 찍었다. 각도를 바꾸어 배경을 궁리하고 전신이 다 들어가도록 촬영했다.

"자네도 찍게."

"네, 부탁드리겠습니다."

미쓰오는 다케히코에게 핸드폰을 건네고 유리판 쪽으로 갔다. 아래를 들여다보고 또다시 굉장하다며 감동했다.

"그럼 찍겠네."

미쓰오는 유리판 위에 서서 다리를 살짝 들고 장난스러운 자세로 브이를 했다.

"하나, 둘, 셋, 치즈."

그러나 다케히코는 배경과 포즈도 관계없이 미쓰오의 얼굴을
확대해서 찍었다.

"감사합니다! 와아, 기념이 되겠어!"

핸드폰 화면에 실망하면서도 미쓰오는 호들갑을 떨며 기쁜 척
했다. 캐릭터상품 매점을 구경하러 갔는데 다케히코가 스티커사
진 기계를 발견하고 찍자고 한다. 기계에서 나온 스티커사진을
기대하며 들여다보니 왕눈 보정 기능 때문에 두 사람 다 눈이 아
주 큼직하게 찍혔다. 아무리 그래도 이건 좀…… 미쓰오와 다케
히코 사이에 미묘한 분위기가 흘렀다.

* * *

돌아가는 길에 다케히코가 산 스카이트리 선물을 양손 가득
들고 미쓰오가 걷는데 나란히 걷던 다케히코가 갑자기 걸음을 멈
추었다. 눈길을 따라가보자 스쳐 지나간 어린애를 보고 있다.

"신기하군. 얼마 전까지 같이 목욕탕에 들어갔던 딸이 이제 다
른 남자랑 결혼했으니."

애틋하게 말하는 다케히코를 보고 미쓰오는 언제까지 덮고 있
을 수만은 없는 노릇, 털어놓아야 한다고 결심했다. 언제 말하느
냐가 관건인데…….

전철을 타고 돌아오니 주위가 캄캄하게 저물었다. 둘이 말없이
메구로 강가를 걸으며 미쓰오는 이야기를 꺼내려고 입을 열었다.

"장인어른……."

"사실은 내가 최근에 안 일이 있네만."

미쓰오는 어리둥절해서 말문이 막혔다.

"처음 유카한테 자네를 소개받던 날이었지."

"아, 네."

"밤에 말이야, 헛간에서 혼자 일을 하고 있는데 유카가 술 한됫 병을 들고 왔어. 그러더니 나한테 그러는 거야. 아빠, 죄송해요."

* * *

다케히코는 유카가 미쓰오를 데려온 날의 일을 떠올렸다.

"아빠, 죄송해요."

유카가 술을 마시면서 사과했다.

"응?"

"아빠가 그랬잖아. 언젠가 너랑 결혼할 놈이 나타나면 한 방 때려주겠다고. 그리고 나서 그놈이랑 한잔하는 게 꿈이라고."

유카의 이야기를 들으면서 다케히코가 슬쩍 웃었다.

"저 사람은 술도 못 마시고. 쥐어박을 생각이 드는 사람도 아니고."

"그렇지."

"하지만 그이한테는 그이 나름의 좋은 점이 있어."

"어떤 점이 그렇게 좋아?"

다케히코가 묻자 유카는 자기 술을 벌컥 마시고 말했다.

"그 사람, 미쓰오 씨는 남의 불행을 자기 불행처럼 슬퍼하고 남의 행복을 자기 행복처럼 기뻐하는 사람이야."

"그러냐. 응, 그렇구나."

다케히코는 유카의 말에 가슴 깊이 감동했다.

* * *

"손주가 보는 비디오 때문에 최근에 알았네."

"네."

손주? 비디오? 이야기 방향이 이상하다만…… 미쓰오는 얌전히 고개를 끄덕였다.

"그때 유카가 한 자네 이야기는 말이지, 영화 《도라에몽 노비타의 결혼 전야》(1999년 개봉한 도라에몽 단편 영화 – 옮긴이)에 나온 대사를 그대로 베낀 거였어."

어…… 미쓰오는 다시 말문이 막혔다.

"시즈카의 아빠가 시즈카에게 한 말이랑 토씨까지 똑같아. 내가 속았어."

"……죄송합니다."

"사과할 거 없네. 자네가 유카의 말처럼……."

"아닙니다. 저랑 유카는, 유카 씨는……."

* * *

그날 종일 집을 지키던 료는 베란다에서 미쓰오가 정성껏 키운 분재를 보고 있었다. 그때 강변로에 서 있는 미쓰오와 다케히코가 시야에 들어왔다. 그러고는…… 다케히코가 미쓰오를 때렸다. 힘 좋기로 유명한 다케히코의 주먹이 미쓰오의 얼굴에 정통으로 들어갔다. 미쓰오는 휘청거리며 땅바닥에 쓰러졌다.

* * *

"괜찮아요?"

료는 소파에 쓰러진 미쓰오를 들여다보았다. 맞은 코에 수건을 대고 괴로워하며 얼굴을 찡그렸다.

"멍청한 자식!"

거실에서는 다케히코가 고래고래 소리를 지르고 있다.

"후지노미야로 돌아가지 않았답니다. 메시지는 왔지만 어디에 있는지 가르쳐주지 않으려 한대요."

료는 다케히코에게 들은 이야기를 미쓰오에게 전했다.

미쓰오는 손에 유카의 머리끈을 들고 손가락으로 늘렸다.

"아직 부인께 미련이 남았어요?"

"아뇨…… 그냥 좀 뭔가…… 뭔가 할 말을 잊은 것 같아서요."

미쓰오는 머리끈을 늘리면서 이 개운치 못한 느낌은 대체 뭘까 하고 생각에 잠겼다.

* * *

이튿날 미쓰오는 세탁소로 가서 사토코에게 유카의 친구를 모르냐고 물었다.

"제가 아는 범위 내에서는 다 물어보긴 했는데……."

"남편이 모르는 친구를 내가 알 리가 없잖아."

맞는 말이다. 실망하는데 손님이 들어왔다. 아카리다.

"아."

"아, 안녕하세요."

"어서 오세요."

사토코가 인사하자 아카리는 카운터에 옷을 꺼냈다.

"쉬는 날이세요?"

아카리가 묻는다. 미쓰오는 위를 올려다본 뒤 바깥을 살피고 나서 목소리를 낮추었다.

"이 주변으로 오지 마세요. 우에하라 씨가 지금 우리 집에 있어요."

"사이가 좋으시네요."

아카리의 목소리에서는 아무런 감정도 느껴지지 않았다.

* * *

"하마사키 씨!"

미쓰오와 아카리가 금붕어 카페에 들어가니 누군가 말을 걸었다. 돌아보자 나나였다. 미쓰오는 어색하게 인사했다. 나나는 수수한 남자와 함께였다.

"호리예요. 전에 말한 하마사키 씨야."

나나는 호리에게 미쓰오를 소개했다. 전에 무슨 말을 한 건가.

그런 생각을 하며 "하마사키입니다" 하고 고개를 숙였다. 호리는 가볍게 눈인사를 했다.

"저 치과 그만뒀어요. 결혼하거든요."

"아, 들었습니다. 축하드립니다."

"……이쪽에 앉으세요."

나나는 아카리를 흘끔 보더니 호리 옆자리로 옮겨 두 사람의 자리를 비워주었다.

"앉아요."

생긋 웃어서 미쓰오와 아카리는 망설이면서 나나와 호리 앞에 나란히 앉았다.

"소개해주세요."

나나는 아카리를 빤히 보면서 미쓰오에게 말했다.

"그게……."

미쓰오가 당황하자 아카리는 스스로 입을 열었다.

"곤노 아카리입니다."

"곤노 씨로군요. 남편이 바람을 피웠다면서요?"

미쓰오와 아카리는 동시에 "네?" 하고 외칠 뻔했다. 미쓰오는 당황해서 아카리를 보았다.

"맞아요."

아카리는 표정을 바꾸지 않고 당당히 말했다.

"하마사키 씨랑 대학 시절 사귀었고 사사즈카였나, 같은 집에서 동거하셨고요."

"뭐 마실래요?"

아카리는 나나의 이야기를 무시하고 미쓰오에게 물었다.

"저, 하마사키 씨 부인보다 곤노 씨한테 질투했어요."

나나는 도발하듯이 아카리에게 말했다.

"하마사키 씨가 정말로 좋아하는 사람은 곤노 씨니까요."

이쯤 되니 미쓰오와 아카리도 분위기가 너무 거북해져서 입을 다물었다.

"어라, 뭐예요. 제가 분위기를 이상하게 만든 것 같잖아요."

나나는 시치미를 떼며 말하더니 "갈까?" 하고 호리에게 말하고 자리에서 일어났다.

"먼저 갈게요."

나나는 웃는 얼굴로 미쓰오와 아카리에게 인사하고 나가버렸다.

아카리가 나나와 호리의 뒷모습을 바라보고 미쓰오는 아카리 앞자리로 가서 앉았다.

"……어, 이쪽에 앉을게요."

"수다쟁이시군요."

아카리는 미쓰오를 보고 쓴웃음을 지었다. 미쓰오는 겸연쩍은 듯이 메뉴를 뒤적였다.

"뭐 마시죠."

"미안해요. 영업 준비를 해야 해서 역시 돌아갈게요."

"알겠습니다."

미쓰오가 펼쳤던 메뉴를 덮고 갑자기 할 말이 떠오른 사람처럼 "저기요……" 하고 입을 열자 아카리가 말했다.

"그 사람 일은 아무래도 상관없어요. 이제 끝났으니까요."

"이제 전혀 가망 없습니까?"

"지난번에 하마사키 씨가 격려해주셨잖아요."

"그걸 격려라고 해야 할지……."

"해주셨어요. 그걸로 상당히 개운해졌어요. 하마사키 씨 덕택이에요."

아카리는 몸을 내밀며 말했다.

"그런 소리는 태어나서 처음 듣습니다."

미쓰오는 여전히 둔감하다. 예민한데 둔감하다. 아카리는 더 말하려다가 앞에 내민 자신의 손을 문득 보고 깨달았다. 하지만 미쓰오는 알아채지 못해서 자연스럽게 손을 뺐다.

"부인한테도 들은 적 없어요?"

"그랬다면 이혼하지 않았을 겁니다."

"이제 전혀 가망 없어요?"

"네, 집을 나갔거든요."

미쓰오는 자조하듯 웃었다.

"그랬군요……."

아카리는 내심 짐작 가는 바가 있었지만 인사를 하고 금붕어 카페를 나왔다. 가게를 나와 길을 걸으며 손톱을 보았다. 네일이 살짝 벗겨진 손가락이 보였다.

아아. 아카리는 가게를 슬쩍 돌아보고 다시 걸었다.

결국 미쓰오는 혼자 차를 마시고 계산하는데 안에서 아이코가
나왔다.

"다녀오마."

나가는 아이코에게 도모요가 다녀오시라며 전송한다.

"어디 가시는 거야?"

미쓰오가 묻자 도모요는 고개를 갸웃했다.

"말씀해주시지 않던데?"

어…… 뭔가 느낌이 온 미쓰오는 서둘러 가게를 뛰쳐나와 뒤
좇았다.

아이코는 이벤트홀을 향해 걸어갔다. '금일 프로레슬링 개최'
포스터가 보이자 아이코는 웃는 얼굴로 손을 흔들며 빠르게 걸었
다. 그 앞에는 유카가 있고 두 사람은 서로 얼싸안더니 안으로 들
어갔다.

역시 그랬다. 미쓰오도 허둥지둥 표를 사서 입장했다.

회장 안에 발을 디딘 순간 "우오오오오오" 하는 환호성이 일었
다. 격렬한 링 위에는 태그 매치가 벌어지고 있고 거칠게 육체를
맞부딪쳤다.

"좋았어, 뛰어!"

"이부시!"

유카와 아이코는 링 모서리 기둥에 서서 점프하는 선수를 향
해 외쳤다.

"짓밟아! 죽여!"

유카는 특히 과격했다. 미쓰오는 혼잡한 사람들을 헤치면서 유카와 아이코를 쫓아 관객석으로 들어갔다.

"전화로 말씀드렸지만 지금 이나다즈쓰미에 사는 친구 집에 신세를 지고 있어요."

유카가 아이코에게 이야기하는 모습이 보인다. 미쓰오는 그리로 다가가려고 통로를 걸어가다 링에서 내려온 악역 레슬러와 딱 마주치고 말았다. 높이 쳐든 레슬러의 손에는 사슬이 쥐어 있다.

"그 집에 세 살배기 아이가 진짜 귀여워요."

"세 살이면 제일 귀여울 때지."

대화를 나누던 유카와 아이코 뒤에서 미쓰오는 새로 나타난 또 다른 레슬러 사이에 끼었다. 관객들은 모두 미쓰오를 보고 있지만 유카와 아이코는 수다 삼매경이다.

"볼이 어쩜 그렇게 부드러운지."

헤벌쭉 웃는 유카 뒤에서 미쓰오는 악역 레슬러에게 꽉 붙들려 사슬로 목을 졸리고 있었다. 장내가 와아 하고 들끓었다.

"분위기가 뜨거워졌네요."

돌아본 유카와 아이코는 레슬러에게 목이 졸린 미쓰오를 보고 순간 얼어붙었다.

* * *

미쓰오와 유카는 금붕어 카페에서 다케히코와 마주 앉았다.

나란히 앉았지만 거리를 둔 미쓰오와 유카를 보고 다케히코는 한숨을 푹 쉬었다.

"어쩌다…… 어쩌다 이혼을 한 거냐."

다케히코가 쥐어짜낸 목소리로 말했다.

"네."

"네라고 대답할 게 아니잖아."

"네."

무슨 말을 들어도 미쓰오는 네라는 대답밖에 할 수가 없다.

"왜 이혼을 했느냐고."

"가만있어."

입을 열려는 미쓰오를 제지하듯이 유카가 말했다.

"우리 문제야."

"우리라니."

"설명해도 이해 못 할 거고, 어쩔 수 없는 일이야. 이미 해버렸으니까."

"어차피 홧김에 울컥해서 한 거겠지. 화해하고 다시 시작하면 된다."

"그렇게는 안 돼."

"안 될 게 뭐 있어."

"안 돼. 절대로 안 돼."

"……네 엄마는? 엄마한테는 뭐라고 할래?"

"……시끄럽네."

"시끄럽다니 그게 무슨 말버릇이냐?"

"돌아가면 엄마한테 설명하려고 했어. 그런데 아빠가 멋대로 떠들어서 일이 복잡하게 됐잖아."

유카의 목소리가 거칠어졌다. 그런 유카를 보고 다케히코는 당황했다.

"보라고, 나도 벌써 서른이야. 이제 어린애가 아니니까 엄마, 아빠가 이래라저래라 할 수 없어."

유카의 말에 다케히코는 고개를 푹 떨구었다. 그런 다케히코를 보고 미쓰오는 가슴이 아팠다.

"내 나름대로 생각이 있어서 한 일이야. 이제 그만 자식에게서 독립을 해."

"저기."

미쓰오는 유카의 말을 끊고 말했다.

"조용히 해."

"저기."

물러나지 않고 다케히코를 향해 입을 열었다.

"됐어."

"되지 않았어."

미쓰오는 유카를 막더니 다케히코에게 고개를 깊이 숙였다.

"죄송합니다. 제 책임입니다. 유카를 나무라지 마세요. 죄송합니다."

"왜 그렇게 말해? 내가……."

당황하는 유카 맞은편에서 다케히코가 불쑥 일어났다.

"후지노미야로 돌아가겠네."

"차 끊겼어."

"그만 됐다. 이제 너희 둘 다 꼴도 보기 싫어."

"보기 싫다니, 나도 집에……."

"돌아오지 마라. 돌아와도 집에 들이지 않을 테니."

다케히코가 가게를 나갔다. 남겨진 미쓰오와 유카는 서먹한 분위기로 입을 다물었다.

"……아빠가 신세를 졌네."

유카가 먼저 입을 열었다.

"아냐……."

미쓰오는 할 말을 찾지 못했다. 하지만 일어날 수도 없었다. 이제 가게 문을 닫을 시각이라 손님은 달리 없다. 쓰구오가 가게 간판을 정리하고 미쓰오와 유카를 걱정스럽게 보면서 안쪽으로 들어갔다. 미쓰오는 주머니에 넣었던 손에 닿은 물건을 꺼내 무의식중에 만지작거렸다. 유카의 머리끈이었다.

"내 머리끈이잖아."

유카가 알아채고 말한다.

"어."

놀란 바람에 무심코 손을 놓자 머리끈이 건너 자리로 날아갔다. 미쓰오는 일어나서 머리끈을 주우러 갔다. 돌아왔지만 유카 옆에 앉을 마음이 들지 않아 바로 옆 의자에 앉았다. 테이블 세

개를 끼고 두 사람은 말없이 앉아 있었다. 한참 지나 유카가 손바닥을 내민다. 그 손을 본 미쓰오는 손가락으로 머리끈을 잡아당겨 날렸다. 닿지 않고 바닥에 떨어진 머리끈을 유카가 주웠다.

"……《레미라제블》재밌었어."

유카가 갑자기 영화 이야기를 시작했다. 미쓰오가 했던 것처럼 고무 머리끈을 손가락으로 잡아당긴다.

"봤어?"

"어제. 안 봤어?"

"못 봤지. 이혼하는 통에 못 본 게 많아."

"대왕오징어도 못 봤어."

NHK에서 방송된 세계 첫 대왕오징어 영상을 유카는 보지 못했다. 입을 삐죽인 유카가 잡아당긴 머리끈을 날리자 미쓰오 곁에 떨어졌다. 바닥에서 주운 미쓰오가 다시 손가락으로 머리끈을 잡아당겼다.

"……《레미라제블》."

"어, 《레미라제블》얘기 또 하는 거야?"

"아니, 돌아갈 건데."

"돌아가야지."

미쓰오는 자신도 돌아간다고 했지만 일어나지 않았다. 유카도 결국 계속 앉아 있다.

"……갑자기 나갔더라."

미쓰오가 입을 열자 유카가 언뜻 쓴웃음을 짓는다.

"그 공 너무 커."

유카가 남기고 간 짐볼이 떠올랐다.

"아. 상자에 들어가지 않더라고. 버려줘. 버려주세요."

"뭐? 그걸 어떻게 버립니까?"

"이 동네에서는 타는 쓰레기 아닐까요?"

"그 상태 그대로 버립니까?"

"안 되나요?"

"쓰레기장에서 튕길 거 아냐."

"튕기려나."

"튕깁니다. 환경미화원들이 튕겨서 곤란해할걸."

"튕겨도 어떻게든 들어가겠지."

"출렁거릴지도 모르잖아."

"출렁거리면 뭐?"

"더 튕겨 나갈걸. 강도 넘어가버릴지 몰라. 그 녀석, 엄청 세니까."

"강은 넘지 못할 거라고 생각합니다만……."

"이런 식으로 이렇게 된다니까."

미쓰오가 손짓으로 설명하려다가 잡아당겼던 머리끈이 벗겨져 날아갔다. 머리끈은 두 사람 사이의 미묘한 위치에 떨어졌다.

"……그만 돌아갈래."

"돌아가야지."

서로 말은 그렇게 해도 미쓰오는 못내 아쉬워서 겉옷 단추를

잠갔다 풀었다 하고, 유카는 꺼낸 지갑을 빙글빙글 돌렸다.

"……돌아가자."

마음을 굳히고 먼저 일어난 사람은 유카다.

"아, 머리끈."

"아."

두 사람은 동시에 머리끈 있는 곳으로 가려다가 아차 하고 동시에 멈추었다. 미쓰오가 주우라고 손으로 가리키자 유카가 머리끈을 주웠다. 그리고 미쓰오에게 등을 돌린 상태로 머리를 묶는다.

"……아."

미쓰오가 저도 모르게 외쳤다.

"응?"

유카가 뒤돌아선 채 말했다.

"응……."

"뭐야?"

"행복하게 잘 지내."

미쓰오가 유카의 등을 향해 말하자 머리를 묶던 유카가 우뚝 멈추었다.

"당신도."

두 사람 사이에 잠시 침묵이 흘렀다.

"……응, 알았어."

유카는 나직하게 대답하고 머리를 다 묶더니 돌아보았다.

"할머님께 인사하고 갈게."

"응."

고개를 끄덕이는 미쓰오에게 유카는 어색하게 다정한 미소를 지었다.

"잘 자."

"잘 자."

미쓰오는 가게를 나가는 유카를 꼼짝하지 않고 가만히 지켜보았다.

* * *

유카는 아이코네 집 고타쓰에 앉아 차를 마셨다.

"그 사람이 행복하게 잘 지내래요. 그거, 최고 수위의 작별 인사 아닌가요."

저도 모르게 웃으면서도 쓸쓸함이 복받쳤다.

"……늦었으니까 오늘은 자고 가렴."

"하지만……."

"부부는 헤어지면 끝이라 생각하면 큰 착각이야. 혼인신고서가 결혼의 시작인 것처럼 이혼신고서는 이혼의 시작이지. 이겨내는 데 시간이 걸린단다."

"……네."

아이코의 상냥한 말에 유카의 마음은 더욱 괴로워졌다.

* * *

다음 날 아침 미쓰오는 여행 가방을 들고 다케히코와 역까지 같이 걸었다.

"스카이트리 즐거웠네."

"네. 도시락 만들었습니다. 신칸센에서 드세요."

"오, 잘 먹겠네."

다케히코는 다리 중간에서 갑자기 멈추어 섰다.

"제멋대로인 딸 때문에 미안하군."

"아닙니다. 저 때문입니다. 제가……."

"그만 됐어, 말하지 마. 팬티는 빨아서 보내겠네."

걸어가는 다케히코의 등을 지켜보면서 미쓰오는 가슴이 아려서 견딜 수가 없었다.

* * *

그 무렵 아카리는 집에서 핸드폰을 빤히 보고 있었다. 주소록에서 '엄마'를 찾아 통화 버튼을 눌렀지만 벨소리만 울리고 도통 받지 않는다. 아카리는 포기하고 전화를 끊었다.

한참 뒤에 쇼핑을 하러 나갔다. 메구로 강가를 걷다가 문득 보니 강 건너에 료가 있다. 료는 아카리를 보지 못한 채 미쓰오의 집 쪽으로 길을 꺾었다. 마치 공기와 동화한 것처럼 껑쭝껑쭝 걷는 모습을 지켜보면서 아카리는 가슴에 싹튼 아련한 애틋함을 떨치고 걸음을 뗐다. 전철을 타고 JR역에서 내린다. 문득 상품권숍 포스터가 눈에 들어왔다. '도호쿠 신칸센 신아오모리 행 14,900

엔'. 아카리는 포스터를 빤히 바라보았다.

* * *

미쓰오는 평소처럼 상자에 든 음료수를 날라 자판기에 보충하고 상품 출구에 마구잡이로 버린 쓰레기를 청소했다. 컵라면 용기까지 들어 있다. 어처구니없어하면서도 묵묵히 치운다.

일을 마치고 나카메구로로 돌아와 역 밖으로 나간다. 빨간불이다. 우두커니 기다리는데 누가 어깨를 툭툭 두드려서 미쓰오는 놀라 정신을 차렸다. 돌아보니 아카리가 미소 짓고 있다. 손에는 빅카메라(일본의 가전제품 매장 — 옮긴이)의 쇼핑백을 들고 있다. 아카리는 이미 파란불로 바뀐 신호등을 가리켰다. 아무래도 미쓰오는 파란불로 바뀐 줄도 몰랐던 모양이다.

"어, 멍하니 있던 거 아닙니다."

미쓰오는 아카리와 나란히 메구로 강가를 걸었다.

"그래요?"

아카리는 쿡 웃었다.

"가습기입니까?"

미쓰오는 아카리가 손에 든 쇼핑백을 들여다보았다.

"충동 구매했어요. 14,900엔."

마침 그때 다리에 접어들었다.

"무거우시죠. 집 앞까지 들어다드릴까요?"

그렇게 말하고는 아카리의 대답을 기다리지 않고 미쓰오는 말을 이었다.

"아, 그렇게까지 무섭지는 않나요?"

"그러네요."

"그럼, 이만."

"이만."

서로 웃으며 인사한다. 그러고는 반대 방향으로 걷는다. 한참 걷다가 미쓰오는 뒤에서 쿵 하고 뭔가 쓰러지는 소리를 들었다. 반사적으로 돌아보니 지나가던 커플이 바의 간판을 쓰러뜨린 모양이다. 커플은 허둥지둥 다시 세우고는 떠났다. 그 모습을 지켜보고 미쓰오가 고개를 들자 자신을 바라보던 아카리와 시선이 맞았다. 미묘한 거리를 둔 채 마주 보고 애매한 표정으로 서로 미소 짓는다.

"……하마사키 씨."

아카리가 다가왔다.

"네."

"같이 식사하실래요?"

"……네! 아, 그럼."

미쓰오가 주변을 둘러보았다.

"잠깐만요. 이 가습기 두고 올게요. 15분, 아니 30분 뒤에 만날 까요?"

"네, 그럼 30분 뒤에 여기서…… 아, 가끔은 다른 곳으로 갈까 요."

미쓰오가 제안했다.

"좋아요."

"에비스나 시부야……."

"옛날 그 정식집은 아직 영업할까요?"

아카리가 갑자기 생각난 듯이 물었다.

"네?"

미쓰오가 고개를 갸웃했다.

* * *

아카리는 가습기를 내려놓고 치마로 갈아입었다. 네일을 다시 바를까 하고 시계와 손톱을 번갈아 본다. 그러다 순간 쓴웃음을 짓더니 치마를 벗고 조금 전 벗은 바지를 도로 입었다.

아카리는 약속 시간에 사사즈카 역에 내렸다. 먼저 와서 기다리던 미쓰오가 아카리를 보고 손을 들었다. 그러자 10년 전으로 돌아간 것 같은 신기한 감각에 빠져들었다.

두 사람은 당시 자주 가던 정식집으로 들어갔다. 학생과 회사원 남자 손님으로 북적이는 가운데 마주 앉은 두 사람 앞에는 닭튀김 정식과 전갱이구이 정식, 그리고 몇 가지 작은 접시가 놓였다.

"너무 많이 시켰나요."

"괜찮아요, 다 먹을 수 있어요."

아카리가 젓가락을 들어 미쓰오에게도 건넸다.

"아, 이거 나눠 먹을까요?"

미쓰오는 받아든 젓가락으로 닭튀김과 전갱이구이를 깔끔하게 반씩 나눈다.

"이 녹미채 오랜만이네요."

아카리는 작은 접시에 담긴 녹미채 조림을 먹으면서 절로 감탄했다.

"요샌 면 정도나 간신히 넘기게 되더라고요."

그리운 맛에 미쓰오는 편안한 미소를 지었다.

"저도요."

아카리도 마음이 놓인 표정이었다.

"이쪽 상점가도 꽤 많이 변했네요."

"그 연립주택도 이제 없지 않을까요."

아카리가 소스에 손을 뻗자 미쓰오가 집어서 건네준다.

"아, 1년 반쯤 전까지는 있었어요."

"전에 말씀하셨었죠. 보러 가볼까요?"

아카리가 소스를 다 뿌리고 미쓰오에게 건네자 이번에는 미쓰오가 전갱이구이에 뿌린다.

"장소 기억하십니까?"

질문하는 미쓰오를 향해 아카리는 말없이 고개를 끄덕였다.

* * *

"오늘도 할머니 댁에서 잘 거지?"

금붕어 카페에서 저녁을 먹는 유카에게 도모요가 물었다.

"이혼했는데 전 남편 친가에 눌러앉았다니."

"괜찮아, 우리는 모두 자기 편이고, 뭣하면 미쓰오랑 인연을 끊지, 뭐."

"그럼 칫솔 사 올게요."

유카는 도모요와 아이코의 마음씀씀이에 감사히 여기면서 가게를 나와 백엔숍으로 갔다.

*　*　*

미쓰오와 아카리는 사사즈카 주택가를 걸었다.

"아, 터번 두른 사람이 살던 집이다."

"그 말 자주 했지만 틀림없이 거짓말이에요. 터번 안에 잉꼬를 기른다는 얘기."

"진짜예요. 지저귄걸요."

두 사람은 복잡한 길을 지나 모퉁이를 돌았다. 이 부근은 좁은 골목이 많다.

"거짓말이 틀림……."

아카리는 그렇게 말하다가 "아" 하고 소리쳤다.

"아, 여깁니다."

미쓰오가 아카리에게 말했다. 작고 낡은 외부 계단이 있는 오래된 건물…… 두 사람이 살던 연립이다. 그곳에는 철거 예정 간판이 서 있고 이미 아무도 살지 않는 듯이 보였다.

"철거할 건가 봐요……."

"그러네요……."

미쓰오는 우편함으로 걸어갔다.

"8호였던가."

"8호예요."

8호실 우편함에는 '다부세', '시바타'라고 적혀 있다.

"아, 두 사람이네요. 동거했던 걸까요."

"전통이군요."

아카리가 그렇게 말하고 두 사람은 누가 먼저랄 것 없이 계단을 올라갔다. 복도를 나아가 안쪽에서 두 번째, 8호실 앞에 섰다.

"……제가 심한 말을 했죠."

미쓰오가 불쑥 중얼거렸다.

"그 얘기는 그만 됐어요. 사실은 즐거운 일도 있었어요."

"진짜요?"

"크리스마스 치킨 세트를 두 개나 사버린 일이라든가."

"어, 진짜로 기억하고 있어요?"

"최근에 생각났어요."

"최근에?"

"맥이 풀리고 약해지면 괜히 이런저런 생각이 나잖아요."

"약해지셨습니까?"

미쓰오가 묻자 아카리는 쓴웃음을 짓고 휙 발길을 돌려 복도를 걸었다. 계단을 내려가다 말고 멈추어 선다.

"……오늘 아오모리로 돌아가는 기차표를 살까 했어요."

"어……."

미쓰오는 아카리의 자그마한 등을 응시했다.

"하지만 안 된다고 다짐하고 가습기를 샀어요. 14,900엔이나 내고."

아카리는 자조하듯이 웃었다.

"……나도 가습기 살까."

"하마사키 씨, 약해졌어요?"

"하지만 따라하는 게 되겠네요. 가전제품이라도 다른 가전제품으로……."

"제빵기는 어때요?"

"제빵기요? 제빵기는 한밤중에 반죽을 하는데 시끄러워서 한 번 싸우고……."

거기까지 말하고 갑자기 유카를 떠올렸다. 아카리는 미쓰오의 마음을 알아챘는지 입을 열었다.

"가습기면 되지 않을까?"

"가습기로 할게요."

"응."

아카리는 웃으며 계단을 내려가고 미쓰오도 뒤따랐다. 머리를 긁으려던 찰나에 미쓰오의 안경이 흘러내려 계단으로 떨어졌다. 하지만 깨달았을 때에는 내디딘 발이 안경을 밟고 있었다. 뽀각 하는 감촉에 당황하고 있는데 소리를 들은 아카리가 돌아보았다. 미쓰오가 안경을 주우니 한쪽 렌즈에 금이 갔다.

"아……."

"밟아버렸네."

써보았지만 역시나 초점이 맞지 않는다.

"쓰지 마. 유리 위험하니까."

"네."

미쓰오는 안경을 벗었다.

"아."

"응?"

"미쓰오 군이다."

"어? 아……."

미쓰오는 자기 눈 주변을 만졌다. 그러고 보니 10년 전에는 안경을 쓰지 않았다.

"안경 쓰지 않는 편이 나아."

"그래?"

미쓰오 군이라 불리면서 존댓말에서 반말로 스위치가 바뀌었다. 아카리는 진작 바뀐 것 같은데 언제부터일까.

"안경 쓰지 않는 게 좋아."

"……그래?"

"응, 좋아."

"……안경 정도로 달라지는 것도 없잖아."

"달라져. 미쓰오는 예쁜 얼굴이니까."

아카리는 걸으면서 아무렇지 않은 얘기처럼 말한다.

"조용히 있으면 멋진데 본인은 모른다니까. 기본적으로 자신의 장점을 잘 몰라. 그런 부분이 좋지만."

"……."

미쓰오는 어리둥절했지만 칭찬이란 사실을 깨닫고 자연스럽게 미소가 지어졌다.

"뭐라는 거야."

새어 나오는 미소를 참지 못하고 미쓰오는 앞서가는 아카리와 나란히 섰다.

"아카리도 잠자코 있으면 온순해 보여."

호칭도 옛날로 돌아가 '아카리'가 되었다.

"뭐야, 내가 무섭다는 소리야?"

"무섭지 않다고 생각해?"

"너무해."

미쓰오를 노려보면서도 아카리는 즐거워 보였다. 미쓰오도 저절로 미소가 나왔다.

* * *

백엔숍 통로를 지나가다 가방이 선반에 부딪혀 상품이 후두둑 떨어졌다. 유카는 백엔숍에 오면 매번 이런다.

"아, 죄송합니다. 죄송합니다."

떨어뜨린 물건을 줍는데 가까이 있던 남자가 돌아보았다. 료였다.

* * *

미쓰오와 아카리는 사사즈카의 술집에 들어왔다. 여기도 그 시절 단골 가게다. 두 사람은 학생으로 보이는 손님들로 북적이는 술집 한구석 테이블에 마주 앉아 과일주를 마시면서 들떠 있었다.

"평소엔 대부분 친구네 집에 가서 게임을 하곤 했어."

"미쓰오는 도시에서 살았네."

"너희는 없었어?"

"있긴 했는데 게임을 하며 놀진 않았어."

아카리는 다리를 편하게 옆으로 뻗었다.

"그럼 뭐하면서 놀았어."

미쓰오는 뒤로 손을 짚고 체중을 편하게 내려놓았다.

"엑스재팬 놀이 같은 거. 요시키(일본의 록밴드 엑스재팬의 리더이자 드러머 - 옮긴이) 놀이라고 해야 하나."

"잠깐만, 그게 뭐야."

"학교 안 양동이를 모아서 거꾸로 뒤집어놓은 다음에 겹쳐놓는 거야."

아카리의 얼굴이 발그레 달아올랐다.

"그래서 이렇게 나무 막대기 두 개를 들고 마구 때리는 거지. 신이 나면 양동이를 하나씩 쾅! 쾅! 뒤집어엎어. 발로 차고 던지면서 파괴해가는 거야."

"그거 아카리 혼자 했지?"

미쓰오는 웃으며 점원을 부른다.

"아, 여기요. 같은 거?"

그 뒤로 두 사람은 계속 마시면서 화제도 달라졌다.

"그래도 기본은 접객업이니까 미소 같은 것도 중요하지."

"그렇지."

두 사람 다 턱을 괴고 눈이 풀렸다.

"미쓰오도 일하기 힘들지?"

"나는 딱히……."

"영업 일이잖아. 당연히 힘들겠지."

"……그렇지, 뭐. 응."

"정말 대단해."

"어?"

"이런 말, 하기 좀 그렇지만 그런 일이 적성에 그닥 안 맞지 않아?"

"사실 그래."

미쓰오는 머쓱한 듯이 슬쩍 웃었다.

"직업이니까 열심히 상대한테 맞춰주고 있을 거 아냐. 무리하고 있는 거 알아. 진짜 애쓰는 것 같아."

"……."

말이 잘 나오지 않았다. 그만큼 기쁜 걸까. 미쓰오는 쑥스러운 미소를 짓고 고개를 숙였다.

"고생했어."

아카리가 미쓰오의 머리를 가볍게 툭 두드린다. 고개를 숙인 미쓰오의 입가에서 미소가 떠나지 않았다.

　그 뒤로 또 시간이 제법 흘렀을 때, 아카리가 미쓰오에게 물었다.

　"남자는 네일 같은 거 본 적 별로 없지?"

　"아예 안 본 건 아냐."

　"이런 건 어때?"

　"어떤 거?"

　미쓰오는 손을 내밀었다. 아카리도 테이블 위에 손을 얹었다. 두 사람의 손이 살짝 닿았다.

　"감상을 말하기는 어렵네."

　"눈치가 없는 게 제일 글렀어. 어울려 정도면 돼."

　"그럼 어울려."

　"그러면 안 된다고."

　"잘 모르는 걸."

　"뭐? 이렇게까지 설명하게 해놓고? 죽을래?"

　"아이고 무서워라. 잠깐 화장실 갔다 올게."

　또 한참 지나 두 사람은 피스타치오 껍데기를 까며 대화를 이어갔다.

　"그 노래 말이야, 좋은 곡이더라."

　"응?"

　"주디 앤 마리의 〈클래식〉."

"이제 신경 쓰지 않는대도." 아카리는 웃었다.

"아니 그게 아니라 그 뒤로 꽤 들었거든."

"정말?"

"대부분 들었어."

"〈클래식〉 말고도?"

"응."

"그렇단 말이지? 〈클래식〉 말고도 정말 좋아하는 곡이 있어. 〈클래식〉이야 부동의 1위지만 2위는……."

"아, 맞춰도 돼?"

맞추고 싶었다. 미쓰오는 자신만만하게 말했다.

"맞출 만큼 이젠 잘 안다는 거야?"

"그런 건 아니지만 나도 좋다고 생각한 노래가 있었거든. 꽤 나중에 발표한 노래지?"

"힌트는 없어."

"〈다채로운 세계〉?"

미쓰오가 곡명을 말하자 아카리는 묵묵부답이었다.

"아니야?"

"맞아." 아카리는 어쩔 수 없이 정답임을 인정했다.

"맞추다니 싫다."

"왜?"

"그런 거 싫어."

어째서일까. 미쓰오가 고개를 갸우뚱하자 아카리도 똑같이 고개를 갸웃한다. 두 사람의 시선이 자연스레 마주친다. 미쓰오도 아카리도 피하지 않았다. 한참 서로 바라보며 누가 먼저랄 것 없이 조용히 시선을 돌렸다.

"화장실 어디 있어?"

"저 안쪽. 슬리퍼는 저기."

아카리가 화장실에 가고 미쓰오는 홀로 남았다. 어느새 뒷자리가 가족 손님에서 젊은 사람들로 바뀌었다. 뒤에 앉은 청년의 팔꿈치가 미쓰오를 툭 쳤다.

"아, 죄송합니다."

"괜찮아요."

미쓰오는 환하게 웃는 얼굴로 대답했다.

아카리가 돌아와서 다시 마시다가…… 문 닫을 시간이 다가오며 가게 안은 한산해졌다. 두 사람은 어느새 나란히 벽에 등을 기대 앉아 있다.

"성실해서 잘 안 되는 거야."

아카리가 말한다.

"그런가."

"잘나가는 사람은 대개 불성실해. 내 이전 애인처럼."

아카리가 웃어서 미쓰오도 따라 웃었다.

"나도 현실을 직시하지 않는 타입이라 깨져버렸지."

"나는 혼자가 좋아. 그게 문제겠지만."

"혼자 있는 걸 싫어하는 남자는 기분 나빠."

"그런가. 그렇게 말하는 사람은 아카리뿐이야."

"그런가."

"의외로 소녀잖아."

"뭐?"

"그렇다니까. 로맨티시스트라고 해야 하나?"

"응, 좀 그렇기는 해."

아카리는 힘없이 웃었다.

"어쩐지 지켜주고 싶은 사람이라는 생각을 들게 하는 게 아닐까."

"아니야. 나도 아주 성가신 사람인걸."

"아카리는 성가시지 않아."

"숨기고 있으니까. 지금도 늘 나의 여성스러운 면이 성가셔서 고민이야."

"그런가."

"다 내던져버리고 싶을 때도 있어. 전부 부수고 싶어진다고 할까……."

아카리의 어조가 조금 높아진다.

"양동이처럼?"

미쓰오가 웃자 아카리도 살짝 웃는다.

"다음에 다시 태어나면 꼭 남자로 태어나고 싶어."

"그렇구나."

"머리카락도 매번 길러야 하나, 잘라야 하나 고민하고, 앞머리

없는 편이 좋을까, 아닐까 고민해."

아카리는 숏컷의 앞머리를 만지며 머리를 살짝 흔들어 정리했다.

"어울려."

"그래? 미쓰오는 어떻게 해?"

아카리가 미쓰오의 머리카락을 빤히 본다.

"나는 그냥 동네에서 자르지."

"조금 더 여기를 넘기면 괜찮을 텐데."

꾸미지 않은 미쓰오의 머리카락을 아카리가 만진다.

"미용실이 싫어."

"다음에 잘라줄게."

"머리도 잘라?"

"나는 직접 잘라."

"그래?"

미쓰오도 아카리의 머리카락 끝을 만졌다.

"이상하지 않지?"

"응."

미쓰오가 아카리의 머리카락을 흐트러뜨린다.

"좀 이상한가."

"그만해."

아카리는 기대듯이 미쓰오의 어깨를 때린다.

"진짜로 잘라줄게."

아카리는 진지한 얼굴로 미쓰오의 머리카락을 갈라보며 살폈다.

"응. 윤곽도 좋고, 좀 더 이렇게……."

눈이 맞았을 때 서로의 얼굴이 가깝다는 사실을 갑자기 의식하고 말았다. 두 사람은 잔을 들고 벽에 기대 말없이 마셨다. 뜸을 들였다가 잔을 내려놓고 뜸을 들였다가 다시 잔을 들고…… 한참 그런 행동을 되풀이했다.

"……응."

미쓰오가 애타는 무언가를 흘리듯이 말했다.

"응?"

"응."

"……응."

"또 누군가를 만날 것 같아?"

"……모르겠어. 몇 년 후일까."

"응……."

"언제?"

"……또 똑같은 일이 되풀이될 것 같기도 하고, 응, 몇 년 뒤의 일이려나."

"응……."

"응……."

미쓰오가 잔을 들고 마시려는데 아카리가 툭 내뱉었다.

"하지만 엄청 외로워."

미쓰오도 같은 마음이었다.

"외톨이야. 외톨이로 죽게 되지 않을까. 그런 생각까지 해. 누구든 좋으니 여기에 있으면 좋겠어. 이상한 이야기지만 아무하고나 자는 여자도 있잖아? 있어. 나, 충동적으로 그렇게 되어버리지 않을까 싶을 때가 있어."

어…… 미쓰오가 아카리를 바라보았다.

"거리로 나가 우연히 만난 사람에게 먼저 말을 걸고 누구든 좋으니까 안기고 싶어 하는 그런 사람이 되어버리지는 않을까……."

미쓰오는 놀라서 저도 모르게 아카리의 손을 잡았다. 취했는지 아카리는 신경 쓰지 않고 계속 떠들었다.

"아무나 좋아, 아무든 좋으니까……."

"안 돼."

미쓰오는 아카리의 손을 쥐고 힘을 주었다.

"아무든 좋다니, 그런……."

"그럼 미쓰오가 좋아."

아카리가 미쓰오의 손을 꼭 쥔다.

"……외롭다는 이유로 그런 짓을."

"응. 뭐 어때. 한번 자볼래?"

"……."

"일단 자볼래?"

"……."

두 사람은 손을 꼭 잡고…….

* * *

같은 시각 나카메구로 뒷골목에 있는 바의 가파른 계단 층계참에서 벽에 손을 짚고 격렬하게 키스하는 남녀가 있었다. 눈을 감고 입술을 맞붙이고 손에는 백엔숍 봉지가 들려 있고⋯⋯.

료와 유카였다.

최고의 이혼

Chapter 9

아카리와 나란히 가게를 나오니 하늘이 벌써 환했다.

"여기서 얼마나 나오지?"

미쓰오는 아카리에게 나카메구로까지 가는 택시 요금을 물었다.

"2,000엔쯤 나오지 않을까."

"고슈가도까지 나가볼까?"

두 사람은 택시가 잡힐 만한 큰 도로로 걸어갔다.

"서른 살 먹은 이혼녀가 외박이라니 글러먹었네."

"아카리는 이혼한 게 아니잖아."

가게를 나와도 호칭은 '곤노 씨'가 아니라 '아카리'였다.

"결혼정보 회사에 등록해볼까."

"아, 가입하면 연락 온다는?"

"맞아. 미쓰오도 같이 가입할래?"

"파티 같은 거 한다며? 내겐 지옥이야."

"나랑 얘기하면 되잖아."

"돈까지 내고 그런 모임에서 대화해야 할 이유가 뭐야?"

"데이트는 어디로 데려가실 건가요?"

"한적한 곳이죠."

두 사람의 대화는 물 흐르듯 이어진다.

"동물 좋아하시죠? 동물원은요?"

"동물원은 혼자 가는 곳이라서요."

"어머, 같이 가요."

"같이 가도 상관없지만 안에서는 따로 움직이죠."

"미쓰오, 그래서는 두 번 다시 결혼 못 해."

"못하겠지."

아카리가 웃으면 미쓰오도 기뻤다. 둘은 함께 미소 지었다. 고슈가도로 나가 미쓰오는 택시를 찾으면서 아카리에게 등진 채로 말했다.

"최근에 아카리가 나오는 꿈을 자주 꿔."

"그래?"

"그래서 지금도 왠지 꿈의 연속인 것 같아."

".......응?"

"다음에는 낮에 만나자. 경마 보러 가자."

".......좋아."

"오늘 즐거웠어. 오늘 많이 떠들었지? 이런 흐름으로 말이야······."

"응?"

"약해져서가 아니라 이런 분위기 속에서······."

만약 무언가 시작된다면 시작하고 싶다. 미쓰오는 마음속으로 뒷말을 중얼거렸다.

"그러면 좋겠다."

아카리가 살며시 미쓰오 옆에 섰다. 알아채준 아카리에게 감사하며 도로를 둘러본다.

"아, 왔다."

미쓰오는 택시를 향해 손을 들었다.

* * *

료는 근처 공원에서 친분이 있는 노인, 가바타와 장기를 두었다. 료 주위에도 노인 몇 쌍이 장기판을 사이에 두고 마주하고 있다.

"알고는 있었어요. 아카리는 한 번 내린 결정을 바꾸지 않아요. 그리고 저도 조금 취했고 호시노 씨는 데킬라를 석 잔째 들이켤 때부터 상당히 취했던 것 같아요. 발을 마구 밟혔어요. 수없이 밟더군요. 호시노 씨, 죄송하지만 발 아파요 하고 말했더니 이번에는 반대쪽 발을 밟기 시작했어요. 그런데 가게를 나올 때 호시노 씨가 느닷없이······ 울먹였던 것 같아요."

\* \* \*

같은 시각 유카는 욱신욱신 아픈 머리를 감싸면서 국숫집에서 점원 오하라를 상대로 떠들었다.

"인간의 머리는 떼어놓을 수 없나? 지금 띵 하고 울리는 이놈을 떼내고 수세미로 안을 박박 닦아서 깨끗하게 알코올에 담그고 싶네. 이웃에 우에하라 씨란 사람이 있는데 우연히 한잔하게 됐어요. 가볍게 마시기에 재미있는 사람이고 이야기도 잘 들어주더라고요. 그래서 막 마시다 보니…… 아아, 국물 정말 끝내준다."

\* \* \*

"남자와 여자는 결국 균형과 타이밍 아니야? 그 사람도 얼마 전에 이혼했고 나도 헤어진 지 얼마 안 됐고. 옛날에 이런저런 일이 있던 사람이지만……."

아카리는 밤을 새서 졸렸지만 사우나로 바로 왔다. 그리고 옆에 앉은 지인인 마미에게 떠들면서 갑자기 겸연쩍게 웃었다.

"모르겠어. 연애는 1이 100이 될 때도 있고 99가 있어도 0이 될 때가 있잖아. 응, 지금은 50대 50일까."

\* \* \*

"그거 아십니까? 사랑은 하는 게 아니라 빠지는 겁니다. 저도 많은 일이 있었지만 이럴 때야말로 누군가와 누군가의 사이에 무슨 일이 일어나도 이상하지 않죠. 사랑은 어느 날 갑자기……."

미쓰오는 치과에 왔다. 안경은 망가져서 쓰지 않았다.

"하마자키 씨."

새로 담당을 맡은 호노카가 미쓰오를 부른다. 물론 "하마사키입니다"라고 곧바로 정정했지만 호노카는 계속 무시했다.

"병원은 수다 떠는 곳이 아니에요."

\* \* \*

미쓰오와 료는 저녁에 치즈 퐁듀를 먹었다. 대화도 없고 미쓰오는 무릎 위에 헤어 카탈로그를 놓고 보고 있는데 료가 절박하게 말을 걸었다.

"유카 씨는……."

"네?"

"아, 하마사키 씨와 이혼한 부인 호시노 유카 씨요."

"네."

"사실은 제가 사과드려야 할 일이……."

료가 털어놓으려는데 미쓰오는 관심을 보이지 않는다.

"왜 그러세요?"

미쓰오가 꼬치에 꽂은 아스파라거스를 입 한쪽으로 조심스레 넣는 모습을 보고 료는 이상하다는 듯이 물었다.

"구내염입니다."

"구내염."

료가 웃었다.

"왜 웃으십니까. 지금 구내염 없는 쪽으로 먹고 있는데요. 구내염의 고통을 뭐라고 생각하시는 겁니까."

"저는 걸린 적이 없어서요."

"네? 구내염에 걸린 적 없는 사람이 있다고요? 그럼 진짜 엄청나게 행복하시겠네요. ……아야야. 이쪽에도 생기려고 하네."

"사실은 제가 사과드려야 할 일이……."

"어쩌지. 이러면 먹을 방법이 없잖아."

두 사람의 대화는 계속 어긋났다.

* * *

유카는 메구로 강가를 걸었다. 좋은 향이 나서 보니 레스토랑 테라스석에서 치즈 퐁듀를 먹는 여자 손님들이 보였다. 부러워하며 쳐다보다가 여자 손님들과 눈이 마주치고 말았다. 허둥지둥 그 자리를 뜨려고 하는데 자전거를 탄 료가 반대편에서 다가왔다.

"안녕하세요."

료는 왜 그런지 긴장한 모습이다. 유카는 평소대로 밝게 말했다.

"우에하라 씨, 아직 그 집에 계세요? 용케 그이랑 사시네요."

"아주 편안합니다. 어제도 치즈 퐁듀를 해서 먹었어요."

"퐁듀요? 남자 둘이서 무슨 퐁듀를 해 먹었어요?"

"유카 씨랑도 요전에 퐁듀 먹었잖아요. 세 번째 가게에 메뉴가 있어서, 그래서 집에서도."

"세 번째요?" 유카는 손가락셈을 했다.

"2차밖에 가지 않았는걸요."

……유카의 말을 듣고 료는 입을 반쯤 벌린 상태로 꼼짝도 할 수 없었다.

"아, 그러고 보니 제가 우에하라 씨 발을 밟지 않았나요?"

"네."

"죄송해요. 제가 취하면 사람 발을 밟는 버릇이 있어서."

"버릇이 발 밟는 게 다인가요?"

"귓불을 잡아당기지는 않았죠?"

"그러지는 않았어요."

"그렇죠? 저는 원래 다 기억해요."

"그런가요……."

"정신 차리세요. 저희는 퐁듀 안 먹었어요."

"네."

* * *

다이칸야마의 미용실에 다녀온 미쓰오는 평소답지 않게 한껏 힘줘 세팅한 헤어스타일로 금붕어 카페에 나타났다. 의류 브랜드 쇼핑백 세 개를 의자에 올려놓고 카운터석에 앉은 미쓰오를 도모요와 쓰구오가 놀라서 바라본다.

"구내염에 먹을 만한 메뉴는 없어?"

사람들의 시선을 느끼면서 미쓰오가 도모요에게 물었다.

"자다가 왔어?"

도모요의 말투에 발끈하면서도 "메뉴판 어디 있지?"라며 재차 물었다.

돌아보니 테이블석에 앉아 있는 료와 유카가 보였다. 유카와 료도 도모요와 마찬가지로 미쓰오의 머리를 빤히 보고 있다.

"자다 깬 머리야?"

"안경도 안 쓰셨네요?"

유카와 료가 제각각 묻는다.

"평소랑 똑같습니다만?"

미쓰오의 말에 네 사람이 미묘한 얼굴을 한다.

"이 부분을, 그러니까 이 부분을 아주 살짝 보기 좋게 힘줬을 뿐이죠."

미쓰오는 세팅한 머리를 매만졌다. 네 사람은 그런 미쓰오의 모습을 보고 히죽거린다.

"뭐가 이상한데? 평범하게, 그래, 아주 평범하게 말이야. 다이칸야마에서는 다들 하는 평범한 머리라고. 왜 메뉴판이 없지. 메뉴판이 왜 없어?"

"다이칸야마의 미용실에 갔어?"

유카가 물었다.

"예, 그랬습니다만……."

"그럼 최신 유행하는 스타일로 해달라고 했어?"

네 사람은 여전히 히죽이며 미쓰오의 대답을 기다렸다.

"잠깐 졸았다고! 조는 사이에 멋대로!"

미쓰오는 머리카락을 마구 헝클어뜨렸다.

그러고는 료에게 "당신은 이제 우리 집에 오지 마세요"라고 말하고 "메뉴판 어떻게 된 거야?"라고 도모요와 쓰구오에게 따져 묻고 "댁은 왜 여기에 있는 거죠? 후지노미야로 돌아간 것 아닙니까?"라고 유카에게 따진다.

"후지노미야는 아빠가 화가 나서 한동안 못 가."

"그렇다면 여기에 올 때마다 헤어진 아내의 얼굴을 뵈어야 합니까?"

"안 오면 되지 않을까요?"

"지금 저보고 제 친가에 가지 말라는 소리입니까?"

"우리 부모님 댁을 빌려드릴까요?"

"제가 그 집에서 지냈다가는 사흘 만에 10킬로그램은 빠질 겁니다."

"아, 우리 집을 비난하시는 건가요?"

"검은 어묵(시즈오카 현 특산품 – 옮긴이)이니 뭐니."

미쓰오는 슬쩍 웃었다.

"당신은 지금 시즈오카 현에 사는 370만 명 현민을 적으로 돌렸어."

"특별히 문제될 소리는 안 했는데."

"시즈오카를 지나지 않으면 나고야도 오사카도 못 가."

"비행기 타면 돼."

미쓰오와 유카의 대화를 보며 료가 웃었다.

"왜 웃습니까?"

"죄송합니다."

"머리 모양이 이상해졌다고 남한테 화풀이하면 안 되지."

유카가 입을 삐죽였다.

"왜 이 사람을 감싸지? 머리 모양은 잠든 사이에……."

"최근에 이렇게 두 사람이 사이가 좋거든."

유카는 자신과 료를 가리키며 말했다.

사이가 좋다는 말에 움찔한 료는 "네?" 하고 심각한 얼굴로 굳어버렸다.

"아, 우에하라 걸즈의 일원이 되셨습니까?"

미쓰오가 유카에게 비꼬는 투로 묻는다.

"아뇨. 우에하라 걸즈는 해산했답니다."

유카가 표독스러운 표정을 지었다.

"걸즈 같은 건 원래 없어요. 해산도요."

료는 평소의 심드렁한 말투로 부정했다.

"지금도 곤노 아카리 씨를 좋아한대."

유카의 입에서 아카리의 이름이 나오자마자 미쓰오는 당황했다.

"아카리는 지금 저를 어떻게 생각할 것 같으세요?"

료가 조심스럽게 미쓰오에게 물었다.

"죽기를 바라고 있을걸요."

일말의 망설임 따위 없이 딱 잘라 말하는 미쓰오에게 유카가 허둥대며 "잠깐만" 하고 끼어들었다.

"아직 아카리에게 새로운 상대가 생긴 것도 아니잖아."

"생겼을지도 모르죠. 생기면 어쩔 겁니까?"

"……인도에 갈까."

미쓰오는 본인이 궁지로 몰아넣고는 실망에 빠진 료를 보고 자리가 불편해져서 돌아갈 채비를 했다.

"돌아갈 거야? 헤어스타일이 부끄러워졌나 봐?"

유카가 아직도 미쓰오를 놀리려든다.

"나는 딱히 이, 이성을 의식해서 이미지를 바꾸려고 한 게 아니야."

미쓰오는 어색한 걸음걸이로 가게를 나갔다.

"아, 이성을 의식해서 이미지를 바꾼 거였구나. 진짜 이상한 사람이야."

우습다는 듯이 웃는 유카의 목소리는 미쓰오에게는 들리지 않았다.

* * *

아카리는 방에서 홀로 수첩을 펼치고 달력 페이지를 보았다. 눈살을 찡그리며 가만히 보고 있자니 메시지가 도착했다. 미쓰오다.

'이번 주 일요일에 경마 보러 가지 않으실래요?'

아카리는 웃으면서 수첩을 옆에 두고 '꼭 갈래요'라고 메시지를 입력했다.

* * *

일요일 미쓰오와 아카리는 오이 경마장 좌석에서 경주를 관전했다. 두 사람은 흥이 나서 경기를 보고 점심이 되어 가볍게 식사를 하기로 했다. 프랑크푸르트 소시지와 맥주를 사서 잔디 광장으로 갔다. 하지만 미쓰오는 소시지를 입에 대지 못했다.

"안 먹어?"

"입이……."

"아, 구내염."

"먹을 수 있는 부위 폭이 요만큼밖에 안 돼서 이 프랑크 굵기로는……."

"프랑크?"

아카리가 웃었을 때 뒤에서 "하마사키 씨" 하고 누군가 불렀다. 돌아보니 단골 거래처 담당자 다다가 서 있었다.

"어라, 오늘은 웬일이야?"

"아, 안녕하세요. 개인적으로 왔어요."

"아, 그렇구나. 몰래 왔어? 엇, 말도 안 돼, 하마사키 씨 부인이 이렇게 미인이셨구나?"

다다는 아카리를 보고 소리쳤다.

"하마사키 씨한테는 아깝네!"

다다는 양손으로 하마사키의 볼을 있는 힘껏 눌렀다. 구내염 때문에 말도 못 하게 쓰라렸다.

"그렇게 안 보이는데. 남편 앞에서 태연히 엉덩이 벅벅 긁는다면서요?"

다다의 말에 아카리가 놀라서 말을 잃는다.

"아, 아니……."

"엉덩이로 냉장고 문을 닫는다면서요."

"네, 가끔요."

아카리가 천연덕스레 맞장구를 쳤다. 그런 모습을 보고 놀라는 미쓰오를 향해 아카리가 장난스럽게 어깨를 으쓱했다.

* * *

금붕어 카페에서 국수가 든 사발을 양손에 든 유카가 냉장고 문을 엉덩이로 탁 닫았다. 그러고는 사발 하나를 카운터에 앉은 준노스케 앞에 놓는다.

"남편은 여기 안 와요?"

청소부 아르바이트 중간에 찾아온 준노스케는 작업복 차림이다.

"오지. 서른 살이나 먹어서 갓 데뷔한 10대 같은 헤어스타일을 하고 말이지."

유카는 후루룩 국물을 들이켠다.

"아, 국물 시원해."

"많이 마셔요?"

"안 마시면 잠들지 못하는 습관이 붙었어."

"괜찮아요? 유카 씨, 금방 필름 끊기잖아요."

"뭐? 나 기억은…… 아!"

준노스케를 보고 유카의 기억이 되살아났다.

"전에 우리 집에서도 끊겼죠."

"완전히 끊겼지. 아, 하지만 아무 일도 없었잖아."

"그때는 제가 거절했다고 해야 하나, 도망쳐서 무사했죠."

"응?"

"유카 씨, 아무한테나 막 키스하잖아요."

"……."

"그렇죠?"

"옛날에는 그랬지. 옛날에는…… 거짓말? 아니, 분명히 그런 적이 있긴 있었어. 남녀불문하고 말이야. 하지만 결혼하면서……."

"이혼하면서 되돌아온 거 아니에요?"

준노스케의 말에 불길한 예감이 스쳤다. 절묘하기 짝이 없는 타이밍에 료가 들어와 유카는 테이블에 얼굴을 파묻었다.

* * *

하지만……. 결국 료가 유카를 발견하고 두 사람은 테이블석에 마주 보고 앉았다. 유카는 머뭇머뭇 료에게 질문한 뒤 턱을 괴고 고개를 옆으로 돌린 채 시선을 피하며 대답을 기다렸다.

"네, 했습니다."

료는 고개를 끄덕였다.

"제가요?"

"네."

역시…… 하지만 전혀 기억나지 않는다.

"아, 하지만 아무도 보지 않았을 테니까……."

"죄송합니다."

유카는 고개를 숙였다.

"아뇨, 괜찮습니다. 그렇게 불쾌하지도 않았고……."

"왜 그런 짓을 해버렸지……."

"아마도 우연히 거기 제가 있어서……."

"누구든 좋다고 생각한 건가."

무심코 자조적인 쓴웃음이 나왔다.

"네?"

"……나, 기분 나빠."

진심으로 자신이 싫었다. 유카는 자기혐오에 빠졌다.

* * *

미쓰오와 아카리는 나카메구로에 돌아왔다.

"전골 먹을까?"

"응, 구내염을 자극하지 않는 재료로."

"나도 속이 좋지 않으니까."

"그럼 와인 있으니까 가져갈게."

"응. 이따 봐."

미쓰오는 집으로 걸어가고 아카리는 대형 슈퍼마켓으로 들어갔다. 미쓰오는 집으로 돌아가서 나가기 전에 양치를 하는데 돌아온 료가 화장실을 들여다보았다.

"왜 이런 시간에 양치를 하세요?"

가슴이 철렁했지만 이를 닦는 중이라 대답할 수가 없다. 그것을 핑계 삼아 묵묵히 입을 헹구고 나오자 료가 기다리고 있었다.

"하마사키 씨, 드릴 이야기가 있는데요."

\* \* \*

대구에 조개…… 아카리가 생선 코너에서 고른 재료를 바구니에 담는데 유카가 걸어왔다. 유카의 바구니에는 마른오징어와 캔 맥주 여섯 캔 팩이 담겨 있다.

아…….

어쩐지 어색해서 아카리는 유카에게서 시선을 피하듯 인사했다.

\* \* \*

미쓰오는 와인병을 닦으면서 료를 살폈다. 료는 아까부터 가만히 생각에 잠겨 있는 눈치다. 그때 료가 숙였던 고개를 갑자기 들었다.

"하마사키 씨."

아카리랑 사이를 들켰는지도 모른다.

"숨기려고 한 건 아닙니다."

미쓰오는 저도 모르게 말했다.

"네?"

"어차피 서로 독신이고……."

저도 모르게 변명 같은 말이 미쓰오의 입에서 튀어나왔다.

"그렇다고 괜찮은 건 아니잖아요."

자신을 나무라는 소리라 여긴 미쓰오는 풀이 죽어서 "네"라고만 대답했다.

"보신 건가요?"

"말 말입니까?"

료는 아카리와 경마장에 간 것까지 아는 걸까.

"말?"

"아뇨, 말은 관계가 없습니다. 그보다 조금 전부터였습니다. 제 나름대로 각오는 했지만 어중간한 마음이었어요. 이런 방향으로 흐를 줄은 몰랐습니다."

"많이 화나셨단 뜻인가요."

"실수는 아니었습니다."

아카리와의 관계는 료의 바람기로 인해 아카리를 동정했기 때문만은 아니다.

"실수예요."

"실수가 아닙니다."

아카리와의 관계는 단순히 우발적인 충동 따위가 아니다. 미쓰오는 자신의 마음을 확인하듯이 말했다.

"그런가요? 그렇다면 유카 씨는 예전부터 저를……."

"유카?"

"하지만 난 아니에요."

"나?"

료의 이야기가 아무래도 이상한 방향으로 가고 있다.

"네, 저요."

"우에하라 씨가 뭐요?"

"유카 씨랑 키스하고 싶어서 한 게 아닙니다."

"……우에하라 씨."

그, 그랬단…… 말이야? 아닌 밤중에 홍두깨란 바로 이런 것
이다.

"용서해주시겠습니까."

"우에하라 씨 더 이상 말하지 마요."

"네."

"5분 동안 아무 말도 하지 말고 서로 생각을 정리합시다."

\* \* \*

그 무렵 슈퍼에서는 유카가 아카리에게 조심스레 다가가 속삭
였다.

"이렇게……."

"네……."

"이렇게…… 했다구요."

"……네."

두 사람은 바구니를 손에 든 채 조금 떨어져서 걸었다.

"취해서 별로, 별로가 아니죠. 하나도 기억나지 않아요. 별로는 잘못 말한 거예요."

"헤어진 사람이에요."

아카리는 딱 잘라 말했다.

"헤어진 사람이라고 해서 바로 손을 대도 된다는 것도 아니고, 손을 댄 것도 아니지만……"

"그럴 때가 있어요. 약해졌다거나……"

"약해졌다고 해도, 해서 되는 일과 안 되는 일이 있어요."

유카의 말에 아카리 자신도 켕기는 게 있어 마음이 쓰렸다.

"죄송해요."

유카는 고개를 숙이고 아카리에게 먼저 계산하라고 순서를 양보했다. 아카리는 "괜찮아요"라고 거절했지만 유카가 고개를 숙인 채 "먼저 하세요"라고 해서 먼저 계산대로 갔다.

"전골 해 드시려고요?"

"네……"

아카리가 대답했을 때 계산대 직원이 "포인트카드 있으세요?" 하고 물었다.

"아, 네."

아카리는 지갑에서 카드들을 꺼내 찾았다. 카드 몇 장과 영수증 속에서 포인트카드를 찾아서 건네자 유카가 아카리의 손을 빤히 보고 있었다. 그 시선 끝에는 마권이 보였다.

"……아, 옆에 비었다."

유카는 옆 계산대로 가려고 한다.

"호시노 씨."

"저는 마른오징어를 샀거든요."

"잠깐 이야기하실래요?"

"저……."

아카리에게 듣고 싶지 않은 이야기를 듣게 된다…… 유카는 망설였다.

* * *

"우에하라 씨는 질투가 심한 편은 아니시죠?"

미쓰오와 료는 거실에서 이야기했다.

"질투가 심하다는 게 어떤 걸 얘기하는 거죠?"

"예를 들어, 예를 들어서 말인데요. 곤노 씨에게 새로운 애인이 생겼다고 쳐봅시다."

"생겼나요?"

"아니, 예를 들어서 하는 얘기예요."

"예를 든 게 아니죠? 누가 생긴 거, 맞죠?"

"그럼 이렇게 합시다. 예를 들어 여기에 감자랑 버터가 있다고 칩시다……."

"아카리가 누구랑 사귀는 거죠?"

"아니, 지금 버터감자 이야기를 하고 있어요."

"누군가와 사귀는 거예요?"

"사귄다기보다는 감자에 버터가 녹아들고 있다고 할까……."

"누구랑 녹아들고 있나요?"

과장되게 몸짓, 손짓하며 이야기하던 미쓰오는 료의 질문에 대답하지 못하고 얼어붙었다.

"하마사키 씨인가요?"

\* \* \*

"엄청 편안한데요."

유카는 아카리의 집에 와서 점포 공간의 매트 위에 누웠다. 아카리는 칸막이 커튼을 사이에 두고 차를 탔다.

"부럽다…… 곤노 씨, 멋져요. 늘 예쁘고, 똑 부러지고, 제가 남자였다면 틀림없이 곤노 씨 같은 사람이랑 결혼했을 거예요."

유카는 누운 채 말했다. 아카리는 문득 미소 지었다.

"그렇게 여유로운 부분도 부러워요."

"안 그래요."

"여유롭잖아요."

유카는 저도 모르게 목소리가 커졌다.

"전혀 아니에요."

아카리도 건너편에서 조금 큰 목소리로 대답했다. 두 사람 사이에 어색한 침묵이 흘렀다.

"차 드실래요?"

아카리가 긴장된 공기를 풀듯이 말했다.

"할 이야기가 뭐예요?"

"아…… 아뇨, 하고 싶은 이야기라기보다 묻고 싶은 게 있어서
요."

"네."

"차 드세요."

"네?" 유카가 자기도 모르게 짜증이 묻은 목소리로 되묻고 말
았다.

"왜 그러세요?"

"왜 그러냐뇨."

"그냥 좀…… 그럼 다음에 얘기할까요?"

"아무것도 묻지 않고 돌아가는 건 불가능할까 하고 생각하긴
했죠."

유카는 답답한 마음을 감추지 못하고 툭 쏘아붙였다.

"……이야기하실래요?"

"뭐예요. 지금 저한테 떠넘기는 거예요?"

"떠넘기는 건 아니에요."

"됐어요, 말할게요. 어린 애들도 아니니 싸움으로 번지진 않겠
죠."

"그럼 알았어요."

"알았다뇨?"

"알고 있다면 그럼 굳이 일일이 말하지 않아도 될 것 같아서

요."

"곤노 씨도 안다고 생각했는데요."

유카는 몸을 일으키고 앉아서 커튼 너머로 아카리를 바라보았다.

"네?"

유카에게 뒷말을 재촉하듯이 아카리가 물었다.

"내가 아직……."

"……."

"여전히 그런 거죠. 하하."

"그런가요?"

머쓱한 웃음을 터뜨리는 유카를 따라 아카리도 미소가 비어져나왔다.

\* \* \*

미쓰오는 일단 다급히 집을 나왔다.

"왜 갑자기 나가시죠?"

료가 필사적으로 쫓아온다.

"우에하라 씨가 아까 사람을 죽일 듯이 노려보니까 살짝 겁도나서……."

두 사람은 빠른 걸음으로 나란히 걸었다. 마치 경보에서 선두다툼을 펼치는 것 같았다.

"아카리랑 잤나요?"

"어휴, 깜짝이야. 간신히 진정된 줄 알았는데 또 놀랐잖아요."

"잤습니까."

"그럴 리가 없지 않습니까."

"그럼 뭘 했습니까?"

"우에하라 씨 이하예요."

"이하라뇨?"

"이하죠. 키스 같은 거 하지 않았다고요."

"그럼 뭘 했죠?"

"뭘은 무슨, 아무것도 하지 않았어요."

"아무것도 하지 않았지만 그런 마음은 있었다는 뜻인가요?"

"아……."

미쓰오는 말문이 막혔다.

"그렇다는 건."

료와 미쓰오는 발걸음을 멈추고 서로 빤히 쳐다봤다.

* * *

유카와 아카리는 여전히 커튼을 사이에 두고 이야기했다.

"그건 이하가 아니라 이상이죠."

유카가 거의 시비조로 따져든다.

"네?"

아카리는 유카의 생각지도 못한 말에 당황했다.

"마음이 있는데 아무것도 하지 않는 건 뭔가 한 것 이상이에요."

"……헤어지셨죠?"

"헤어졌어요. 헤어졌죠."

"그럼 그런 일이 있더라도 나무라는 건 좀 아니지 않나요."

"나무라지 않았어요. 나무라지 않았다고요. 나무라지 않았습니다."

"나무랐다는 표현은 제 실수예요."

"알아요. 아, 하지만 이런 식으로 둘이서 이야기하는 건 별로 좋지 않겠어요."

"제가 말을 거는 바람에."

"아니에요."

유카가 막에서 나왔다. 하지만 아카리의 눈을 쳐다보지는 않았다.

"실례가 많았어요."

"아뇨."

아카리도 유카를 보지 않고 말했다.

"안녕히 계세요."

유카는 일어나 현관으로 향했다. 그러고는 인사하고 나갔다.

휴우. 일단 현관까지 나온 아카리는 한숨을 쉬고 집 안으로 돌아오려다…… 현관을 보고 아연실색했다. 현관에는 유카의 신발이 그대로 남아 있었다.

127

* * *

입을 꾹 다물고 메구로 강가를 걷던 유카는 다리 한가운데에서 미쓰오와 료를 딱 마주쳤다. 미쓰오와 눈이 마주쳤지만 휙 피하고 가려고 하자 료가 유카를 쫓아와 가는 길을 가로막는다.

대체 왜들 이러는 거냐, 라고 투덜거리는 순간 뒤에서 쫓아온 아카리가 보였다. 아카리가 다리 위에 세 사람이 있다는 사실을 알고는 멈춘다. 아카리의 손에는 유카의 신발이 들려 있었다. 미쓰오가 바로 알아채고 아카리의 손에서 유카의 발로 시선을 옮긴다.

아…… 유카는 미쓰오의 시선을 따라갔다가 자신이 슬리퍼를 신은 채 나와버린 것을 깨달았다. 미쓰오는 말없이 아카리를 가리킨다. 유카는 아카리의 손끝을 보고 다가갔다. 아카리가 유카 발 앞에 신발을 내려놓고 슬리퍼를 받아들었다. 유카는 신발을 신고 가려고 했다. 아카리도 발길을 돌려 집으로 돌아가려 했다.

누군가가 뒤에서 유카의 팔을 붙들었다. 돌아보니 료였다.

"넷이서 이야기 좀 하시죠?"

미쓰오는 아카리를 불러 세웠다.

* * *

"일단 앉으시죠."

아카리의 집에 도착한 료는 마치 지금도 이곳이 자기 집인 양 본인이 먼저 앉았다.

"앉아." 료는 테이블에 둔 아카리의 수첩을 들고 옆에 치워놓으려 했다. 그런 모습을 보고 아카리는 재빨리 료의 손에서 수첩을 빼앗아 서랍에 넣었다. 료는 깜짝 놀라 아카리를 쳐다보았지만 아카리는 료의 눈길 외면하고는 거리를 두고 반대편에 앉았다.

"안 앉으세요?"

료가 말하자 유카는 료 옆자리에 앉았다.

"앉죠."

미쓰오도 그 말에 안을 둘러보았다. 그러다 결국 앉지 않고 그대로 벽에 기댔다.

"어, 서 있을 건가요?"

서 있는 미쓰오를 보고 료가 물었다.

"네 사람이 있으면 한 사람쯤 서 있기를 좋아하는 사람이 있는 법입니다. 인간에게는 편안한 자세가 다양하게 존재하니까……."

"옆자리에 앉지."

유카는 미쓰오에게 아카리 옆을 가리켰다. 어차피 같이 전골을 해먹을 예정이었을 테니 말이다.

"어?"

"아, 차……." 료가 그렇게 말하며 일어나려 하자 유카와 미쓰오는 동시에 필요 없다고 손사래를 쳤다.

"아, 네."

아카리는 료의 대답에는 아랑곳 않고 테이프클리너을 굴리며 바닥을 청소했다.

"······가와이 씨 애긴데요."

쭈뼛쭈뼛하면서 말을 꺼낸 료에게 미쓰오가 "네?" 하며 반응했다.

"가와이 씨는 인터넷에서 유명한가 보더라고요. 스무 살 여대생인 척했다는군요. 그런데 얼마 전에 인터넷상에서 제일 친한 친구가 전철에서 자다가 차량에 갇혔답니다. 그래서 가와이 씨에게 도움을 요청했는데 가와이 씨가 난처해서······."

"우에하라 씨."

"네."

"왜 아무도 모르는 사람 얘기를 지금 하는 겁니까."

미쓰오는 료의 이야기가 무슨 의도인지 도통 알 수 없었다.

"가와이 씨는 부교수인데······."

"가와이 씨에 대해 설명해달라는 게 아니잖아."

아카리가 딱 잘라 말했다. 지루한 나머지 손톱을 깨물던 유카는 "돌아갈까" 하고 중얼거렸다.

"네? 조금 더 계시죠."

료가 허둥지둥 말렸다.

"왜요?"

미쓰오가 물었다.

"왜냐면······."

"당신이 불렀잖아요."

어정쩡하게 구는 료에게 미쓰오도 짜증 나기 시작했다.

"그랬죠."

"대답이 그게 뭐야. 아무 생각도 없다니까."

아카리는 아까부터 줄곧 료를 매몰차게 대한다.

"미안해."

미쓰오는 완전 기가 죽은 료를 보고 더 화가 나서 아카리 옆에 앉았다. 유카가 그런 미쓰오의 모습을 힐끔 살핀다.

"대체 왜 모이라고 한 거죠?"

"다들 대화를 하고 싶을 것 같아서요."

료의 말에 세 사람은 동시에 '뭐?' 하는 표정을 지었다.

"여러분 할 이야기 없으세요? 그럼 제가 하고 싶은 이야기가 있습니다."

셋은 또다시 뭐야…… 싶으며 말문이 막혔다.

"저기……."

료가 아카리를 보고 이야기를 시작하려는데 '띠롱' 하며 분위기를 깨는 소리가 났다.

"아, 죄송해요, 라인입니다. 학교에서 온 연락이에요. 잠깐 괜찮을까요?"

료는 자신의 핸드폰을 보더니 그렇게 말하면서 스마트폰을 누르기 시작했다.

"네? 라인?"

최근에 스마트폰으로 바꾼 미쓰오는 무슨 소리인지 알 수 없었다.

"급한 일인가 봐요. 차는 종이컵으로 할지 찻잔으로 할지 싸우고 있어서……."

료의 대답을 기다리는 동안에 미쓰오가 아카리에게 물었다.

"라인이라니?"

"문자 메시지 같은 거야."

"아, 죄송합니다. 무슨 얘기였죠."

료가 대답을 보내고 미쓰오에게 물었다.

"우에하라 씨가 이야기하던 중이었습니다."

"아, 그랬나요. 네. 어……."

료가 대답하려 했을 때 또다시 라인 소리가 났다.

"아."

"좀 나중에……."

미쓰오가 말하는데 띠롱, 띠롱, 띠롱 하고 연속해서 료의 핸드폰이 울렸다.

"아, 죄송합니다…… 단톡방이라 연달아와서."

"시끄러우니까 저쪽……, 저쪽에 가서…… 해요."

미쓰오가 말하는 중에도 몇 번이나 소리가 울렸다.

"네." 료는 대답하고 띠롱, 띠롱, 띠롱 울리는 스마트폰을 들고 옆방으로 갔다.

"……전골."

유카가 중얼거리자 아카리가 "아" 하고 외쳤다.

"저랑 저분이 방해해버렸네요."

유카는 나간 료를 가리키며 자조하듯이 웃었다.

"전혀 그렇지 않아요."

"응."

아카리와 미쓰오는 함께 고개를 끄덕였다. 유카는 저도 모르게 "어?" 하며 미쓰오를 쳐다보고 말았다.

"아니⋯⋯."

미쓰오는 황급히 얼버무리려고 했다.

"아니라니⋯⋯ 지금 뭔가 엄청 미묘한 분위기 맞지?"

유카가 말하자 아카리도 고개를 끄덕였다.

"엄청요."

"게다가 저 사람 라인 대화 끝나는 거 기다리고 있고."

유카는 손톱을 깨물면서 방에서 나온 료를 쳐다보았다.

"영문을 모르겠어."

아카리도 쓴웃음을 지었다.

"차는 종이컵이 어쩌고."

미쓰오가 말했다.

"찻잔이 어쩌고."

"여기 있는 사람들은 별로 중요하지 않은 건가."

미쓰오와 아카리가 이야기할 때였다.

"알아서들 분위기 띄우고 있으라는 것처럼, 콩나물 따위 내버려둬도 알아서 자란다는 것처럼!"

유카는 이상하게 흥분해서 두 사람의 대화에 끼어들었다. 세 사람이 한숨과 함께 동시에 웃음을 터뜨리는데 료가 돌아와서 모두의 얼굴을 둘러보았다.

"어, 무슨 얘기를 그렇게 즐겁게 나누세요?"

"저기요, 우에하라 씨 당신의……."

미쓰오가 말하는데 료의 핸드폰이 울렸다.

"죄송합니다."

료는 소리가 멎을 줄 모르는 스마트폰을 들고 다시 나갔다.

"……그런데 저 소리, 진짜 짜증 나네."

미쓰오는 화가 나기 시작했다.

"끄면 될 텐데."

"여기 있는 사람들은 별로 중요하지 않은 건가."

미쓰오와 아카리가 말하는데 유카가 또 끼어든다.

"무순 따위 내버려둬도 알아서 자란다는 것처럼!"

유카의 말에 세 사람은 다시 서로의 얼굴을 마주 보고는 어쩔 수 없다는 듯이 웃는데 료가 돌아왔다.

"아, 분위기가 무르익었네요. 그럼 차를……."

"대체 뭡니까?"

미쓰오가 따진다.

"이제 끝났습니다."

"무슨 연락을 하는 거야."

아카리도 물었다.

"아, 가와이 씨 송별회 때문에."

"가와이 씨, 그만두는군요?"

유카가 묻자 료는 고개를 끄덕였다.

"여장하고 차고에 들어갔다가 체포되는 바람에."

"엄청난 이야기였군요……."

미쓰오가 어안이 벙벙해져서 중얼거렸다.

"꽤 센세이셔널했죠. 송별회라고는 하지만 조용히 하는 거예
요."

"그야 조용히 해야죠. 체포되었으니까."

"우리 집에 있는 전기밥솥, 가와이 씨가 사준 거지."

아카리가 불쑥 말했다.

"맞아."

"그거 위험하잖아요. 돌려보내는 게 낫지 않아요?"

유카의 말에 아카리와 료가 "네?" 하며 어리둥절했다.

"여장하고 체포된 사람이 쓰던 밥솥이잖아요."

"여장하고 체포된 사람이 사준 밥솥이지. 어느 쪽이든 문제는
없다고 보지만."

유카의 터무니없는 발언을 미쓰오는 곧바로 정정했다.

"문제없죠."

아카리와 미쓰오가 얼굴을 마주하고 고개를 끄덕였다. 유카는
손톱을 깨물면서 그런 두 사람을 훔쳐보고 "어느 밥솥이에요?"라
고 료에게 물었다.

"아, 보실래요?" 료가 부엌으로 갔다.

"지금 보지 않아도 되잖아요."

"맞아."

미쓰오와 아카리가 서로 고개를 끄덕인다. 그 모습을 보고 유카가 "볼래, 밥솥 보고 싶어"라고 말하고는 일어나서 료를 따라갔다.

"괜찮대도."

따분한지 미쓰오는 카펫에 테이프클리너를 굴리고 있다. 그런 미쓰오를 본 아카리가 쿡쿡 웃자 미쓰오도 알차리고 손을 멈춘다. 어쩐지 풋풋한 커플 같다.

"판매원이 깜짝 놀랐겠네요."

유카는 주방에서 문제의 밥솥을 보고 있다. 료는 주전자로 물을 끓인다.

"여장하고 사러 간 건 아닙니다."

"아, 시즈오카차 있다."

유카는 시즈오카차가 담긴 캔을 발견하고 집어 들었다.

"무슨 얘기 하고 있어?"

방에서는 미쓰오가 목소리를 낮추고 유카와 무슨 얘기를 했는지 아카리에게 물었다.

"응? 뭐였더라?"

그렇게 말하며 미소 짓는 아카리를 보고 있으려니 미쓰오도 행복해졌다. 미쓰오는 들고 있던 테이프클리너를 아카리에게 넘겼다 아카리는 일어나서 선반에 둔다. 그런 아카리의 뒷모습을 지켜보는데 유카와 료가 부엌에서 돌아왔다.

"어머나, 어머어머, 왜 곤노 씨 엉덩이를 보고 있지?"

유카가 미쓰오를 놀린다.

"보지 않았어."

"이렇게 봤잖아."

유카는 미쓰오의 눈부터 아카리의 엉덩이까지 손으로 가리켰다.

"엉덩이 보지 않았어. 내가 아, 저 엉덩이 좋다, 귀엽다고 생각하는 건 도날드덕뿐이야."

"아니 하지만……."

두 사람이 옥신각신하자 아카리가 "엉덩이 봐도 괜찮아요"라고 말했다.

미쓰오가 무의식중에 미소를 지었을 때 료가 "차 드시죠" 하고 말했다.

"나는 필요 없어."

"저도 괜찮습니다."

아카리와 미쓰오가 거절하자 료는 "어" 하고 말문이 막힌다.

"뭐 어때요. 둘이서 마셔요."

유카와 료는 앉아서 차를 탔다.

"우에하라 씨 뭡니까."

미쓰오가 차를 따르려 하는 료를 멈춰 세웠다.

"네?"

"시간이 없거든요."

미쓰오는 조금 짜증이 났다.

"둘이 전골을 해먹기로 했대요."

유카는 미쓰오와 아카리를 놀리듯이 손가락질하며 료에게 설명한다.

"뭐?"

미쓰오가 미묘하게 반응했다.

"아, 내 말투가 비꼬는 것처럼 들렸나?"

"아니."

"미안하게 됐네."

"뭐야."

유카의 말투에 울컥한 미쓰오가 되받아친다.

"미안하다고 했잖아."

"사과 같은 거……."

"아니…… 지금 비꼬는 말투였던 거 알아."

유카는 목소리가 갈라졌다. 당장이라도 울음을 터뜨릴 것 같은 얼굴이었다.

"……뭐야."

미쓰오는 괜히 기가 꺾였다.

"알아. 안다고."

"취했어?"

미쓰오의 말에 유카가 움찔했다.

"필름이 끊긴 거야?"

미쓰오는 웃으며 말했지만 유카는 하얗게 질려서 얼어붙었다.

"이제 됐잖아. 그만해."

아카리가 웃으며 분위기를 무마하려고 했다.

"뭐야, 뭡니까."

유카가 이번에는 아카리를 물고 늘어졌다.

"왜 그래."

미쓰오는 뭔가 상태가 이상한 유카를 쳐다봤다. 미쓰오의 시선을 유카는 의식했지만 모른 척하며 콧노래를 부르면서 자신의 머리카락을 만지작거렸다.

"자리를 파할까요."

미쓰오는 휴우 하고 한숨을 쉬고 료에게 말했다.

"네, 죄송합니다."

료가 몸을 움츠리고 미안해했다.

"죄송합니다."

아카리가 머리카락을 만지작거리는 자세로 굳어 있는 유카에게 말했다.

"사과하지 않아도 돼."

"아냐."

"우리는 아무것도……."

미쓰오와 아카리가 얘기를 주고받는 곁에서 유카가 크게 숨을 내쉬고 갑자기 손바닥으로 얼굴을 가렸다. 어깨가 작게 떨렸다.

"……유카 씨?"

손바닥으로 얼굴을 가린 유카를 료가 걱정스럽게 지켜본다.

"아니에요. 아무것도 아니에요. 아무것도 아니라고요⋯⋯."

"유카 씨, 미안해요. 나도 아까부터 좀 이상했지만 특별히 그런 거 아니니까⋯⋯."

아카리가 억지 미소를 지으며 말했다.

"그런 게 아니라뇨?"

유카의 반문에 아카리는 고개를 갸웃했다.

"전골을 먹으려고 했는데? 경마를 보러 갔는데?"

미쓰오는 "어" 하고 놀라서 유카를 바라보았다.

"그런 게 아닐 리가 없죠. 저 지금 완전 방해꾼인걸요. 두 사람의 저녁을 방해하고 있는걸요. 그런 거예요."

얼굴은 웃고 있다. 하지만 아무리 봐도 유카는 제정신이 아닌 것처럼 보였다. 그런 유카를 보고 미쓰오는 놀라움을 감추지 못했다.

"신경 쓸 거 없어요. 너무 눈치 보지 말아요. 저는 방해가 되면 방해된다고 말하는 사람이에요."

"죄송합니다. 제가 얘기하자고 해서⋯⋯."

료도 안절부절못한다.

"얘기하자고 해도 싫으면 오지 않았어요. 신경 쓰이니까 온 거예요. 두 사람 사이가 신경 쓰이니까 온 거라구요."

"유카⋯⋯?"

미쓰오는 유카의 기분을 거스르지 않으려고 조심조심 말을 걸었다.

"좋은 뜻이야. 좋은 뜻으로 한 말이야."

유카는 자신을 타이르듯이 되뇌었다.

"일단 나갈까. 할머니 가게까지 같이 가자."

미쓰오가 제안했다.

"왜? 됐어. 혼자 돌아갈래."

"그러지 말고 가자."

"혼자 갈 수 있어."

"제가 갈까요."

보다 못한 료가 말했다.

"네? 왜요? 저 멀쩡해요."

유카는 고집을 부렸다.

"알아."

미쓰오는 어떻게든 유카를 달래려고 했다.

"두 사람 잘 어울려."

억지웃음을 지으며 말하는 유카를 보며 미쓰오는 어찌할 바를 몰랐다. 하지만 아카리는 싸늘한 눈으로 유카를 바라보았다.

"예전부터 생각했어. 왜냐하면 두 사람은 예전에도 그랬잖아. 오해가 있어서 헤어졌을 뿐이지 원래는 잘 맞았으니까. 결혼은 역시 성격이 맞는 게 중요해. 그렇잖아? 하마사키 씨는 꼼꼼하고 곤노 씨는 똑 부러졌으니까, 딱이네. 곤노 씨는 약속 시간에 늦지 않을 테고 엉덩이도 긁지 않을 테고, 난 엉덩이를 긁는 정도가 아니에요. 무심코 방귀로 대답해버린 적도 있다니까요. 지금 보실래요? 당장 보여드릴까요?"

눈물을 글썽이면서 떠드는 유카를 미쓰오는 안타까운 심정으로 지켜보았다.

"정말로 좋아 보여. 두 사람 진짜 좋아 보여⋯⋯."

"돌아가자. 일어나."

미쓰오는 유카의 어깨를 붙잡았다. 아카리가 그 모습을 노려보듯 바라본다.

"혼자 돌아갈 수 있다니까."

"알았으니까 돌아가자고."

"유카 씨, 하마사키 씨랑 함께."

료도 말하자 미쓰오는 료와 둘이서 "유카, 어서" 하고 유카를 안아서 일으키려 했다.

"왜 그랬어요? 이럴 거면 왜 이혼했어요?"

그때 아카리가 불쑥 말했다.

"이제 와 그런 소리를 할 거면 어째서 헤어졌죠?"

날카롭게 따져 묻는 아카리를 유카는 똑같이 쏘아보았다.

"당신이 이혼신고서를 제출하지 않았다면 이렇게 되지 않았을 텐데 이제 와서 무슨 소리를 하는 건가요?"

"아니야, 틀려. 나 때문이야."

미쓰오는 아카리와 유카 사이에 끼어들려고 했다.

"뭐가? 뭘 했어? 바람을 피웠어? 혼인신고를 안 했어?"

아카리의 말투는 여전히 사나웠다.

"지진, 지진이 났을 때 내가 유카보다 분재를 더 걱정하는 메시지를 보내기도 했고……."

"그건 이 사람 성격이잖아요. 말로 잘 표현하지 못하는 남편은 세상에 얼마든지 있어요. 그런 사람이에요. 쑥스러움을 많이 타서 무슨 말을 해야 할지 알면서도 잘 못하죠. 아내라면 그 정도는 알고 있어야 하지 않았나요."

거침없이 말하는 아카리를 유카는 줄곧 입을 다문 채 바라보았다.

"그게 다가 아니야. 음식을 먹어도 맛있다고 하지 않았고……."

"당신은 하마사키 씨가 일하고 지쳐서 돌아왔을 때 고생했다고 말했어요?"

아카리도 계속해서 도전적으로 떠들고 유카도 도전적으로 노려보았다.

"비겁하지 않아요? 서툴고 사교성도 없지만 그래도 바깥에서 애쓰는 사람이에요. 술도 마시지 않고 돌아와서는 청소하고 빨래하고 자기 도시락까지 만드는 사람이에요. 왜 나무라죠? 자기만 옳고 자신의 나쁜 점은 내버려두면서 말이에요. 배려가 없는 건 당신도 마찬가지 아니에요?"

"아니……."

미쓰오가 끼어들었다.

"이런 식으로 하나하나 합리적으로 말한다고 여자 귀에는 안 들어와."

아카리가 갑자기 웃음을 터뜨리자 미쓰오는 어리둥절했다. 이 상황에서 왜 웃는 거지……?

"괜히 불에 기름만 붓는 격이라 도리어 화만 낼 뿐이야. 실제로 나도 그렇고."

쓴웃음을 짓는 아카리와는 대조적으로 유카는 고개를 떨구고 있다. 당장이라도 몸싸움을 벌일 것 같았는데 분위기는 담담하기만 했다. 미쓰오는 더더욱 어쩔 줄 몰랐다.

"아…… 아니…… 아무튼……."

그때 료의 스마트폰이 울렸다.

"아니, 왜 지금 그걸 하고 있습니까?"

미쓰오는 스마트폰을 들고 나가려는 료의 손에서 스마트폰을 빼앗았다. 바닥에 내던지려 했지만 차마 그러지 못하고 아무 서랍이나 열고 집어넣었다.

"지금 왜 그걸 하는 거죠?"

"죄송합니다."

"우에하라 씨, 이상하지 않아요? 아니, 이상하다고 말하면 나도 이상합니다. 하지만 그래도 말이죠, 나도 이러려던 거 아니었어요. 이렇게 되기를 바란 게 아니었고……."

괜한 화풀이라는 건 안다. 알지만…… 이야기의 방향을 바꾸고 싶었다. 미쓰오는 유카를 흘끔 보았다. 유카는 여전히 고개를 떨구고 있다.

"⋯⋯오히려, 오히려 말이죠. 네 명이 다 함께 캠핑 같은 것도 가고 싶었어요."

미쓰오의 말에 아카리와 료가 어리둥절했다.

"아니, 캠핑 간 적은 없어요. 가고 싶다고 생각한 적도 없고요. 하지만 그런 이야기가 나올지도 모르지 않습니까. 우리 집이랑 그쪽 집, 다음에 같이 캠핑이라도 가자고요. 렌터카를 빌려서, 굳이 산 같은 먼 곳까지 가서 굳이 텐트를 치고. 심지어 바비큐도 하겠죠. 왜 바깥에서, 벌레가 있는데 왜 바깥에서 먹는지 이해할 수 없지만 말이죠. 간이 의자 같은 데 앉아서 우에하라 씨네 아이는 어느 초등학교에 다니냐는 이야기를 하면서요. 아, 이 경우에는 아이도 있는 거군요. 그렇다면 우리도 있겠죠. 아이들은 저쪽에서 꺄꺄 뛰어다니고, 시끄럽겠죠, 시끄러울 겁니다. 그런, 그런 거 말이에요."

아카리와 료, 그리고 유카까지 모두 숙연해졌다. 미쓰오는 이번에는 료에게 말했다.

"그쪽 가족도 잘살고, 뭐, 그랬다면 조금 쓸쓸했을지도 모르지만 그래도 곤노 씨, 참 잘됐다, 그렇게 생각했을 겁니다. 우리도 말이죠, 우리도 계속 가족이고요."

미쓰오는 유카를 쳐다보지 않았지만 의식하면서 이야기했다.

"얼마 전까지는 계속 가족일 거라고 생각했으니까요. 이혼 따위 제가 말 꺼내지 않으면 평생 없을 거라고 믿었으니까요. 그런데 당연하지만 이혼 버튼은 한 사람에 한 개씩 가지고 있어요. 결과적으로 이렇게 됐으니…… 캠핑 말이죠. 돌아가는 길은 엄청나게 막힐 겁니다. 고보토케 터널 50킬로미터가 완전 정체예요. 애들은 오줌 마렵다고 난리지, 아내는 심기가 불편하지, 나는 눈앞의 정체를 보면서 생각하겠죠. 아, 새가 되고 싶다. 그런 캠핑 말이에요. 어쩌면 그렇게 됐을지도 모릅니다. 그랬다면, 그랬다면 의외로…… 즐거웠을까."

미쓰오가 머리를 조아렸다.

"캠핑, 가지 못해서 죄송합니다."

미쓰오는 말을 마치자 맥이 빠져 버렸다. 그런 미쓰오를 아카리가 똑바로 응시한다. 유카는 줄곧 고개를 들지 못했다. 료가 불쑥 일어나 주방으로 갔다.

"일단 다 함께 전골요리 먹지 않을래요?"

료는 전골냄비와 버너를 가져오며 말했다. 아카리는 어이없다는 표정으로 "무슨 소리를 하는 거야"라고 묻는다.

"먹읍시다."

료의 의지는 굳건해 보였다.

"지금 그럴 때가 아니라서요."

미쓰오는 도저히 그럴 마음이 들지 않았다.

"이혼은 최악의 결과가 아니에요."

료는 확신을 담아 말했지만 미쓰오는 "최악이죠"라고 반박했다.

"최악인 건 이혼이 아니에요. 바로 쇼윈도 부부죠."

료의 말에 미쓰오와 아카리는 한 방 맞은 것 같은 표정을 지었다. 유카도 고개를 들었다. 료는 자신을 돌아보는 듯한 얼굴로 이야기했다.

"상대방에게 아무런 애정도 없고 기대도 없는데 함께 있는 게 가장 불행해요. 그렇게 되지 않았으니 그러고 보면 이혼도 나쁘지 않군요. 이혼 만세! 이혼 최고!"

료는 환하게 웃었다.

"아카리 씨, 고마워요. 다음에는 최고의 결혼을 하세요."

료의 말에 아카리는 머뭇거리면서도 "네" 하고 대답했다.

그러고 나서 네 사람은 전골냄비를 둘러싸고 먹었다. 서로의 접시에 덜어 주거나, 소스를 집어 주면서 담담히 이야기를 나누었다.

"배추를 먹으면 살아난 것 같은 기분이 들어."

"우에하라 씨, 소스 있어요?"

"아, 그 대구는 지금 막 넣었어."

"어라, 잘라놓은 유자 어디에 있었죠."

"그거 유자 아니에요, 가보스(유자와 비슷한 감귤류의 일종 - 옮긴이)예요."

그런 대화를 나누는데 어딘가에서 전화가 울리는 소리가 들렸다. 아까 미쓰오가 료의 스마트폰을 넣은 서랍이다. 미쓰오는 서랍에서 스마트폰을 꺼내 화면을 보고 료에게 내밀었다.

"우에하라 씨, 가와이 씨예요."

* * *

전골을 다 먹고 미쓰오와 유카와 료는 메구로 강가를 걸었다. 료는 고개를 꾸벅 숙이고 역으로 갔고 미쓰오와 유카는 다리를 건너는 곳에서 헤어졌다. 유카는 작별 인사를 하듯이 미쓰오를 보았다. 무슨 말이든 하는 편이 좋을 것 같았지만 미쓰오는 무슨 말을 해야 할지 몰랐다. 그때 미쓰오의 핸드폰에 메시지가 도착했다. 유카는 미쓰오의 반응을 기다리지 않고 걸어갔다. 미쓰오도 반대편으로 걸어갔다. 미쓰오가 슬쩍 돌아보았지만 유카는 돌아보지 않고 점점 멀어져갔다. 미쓰오는 유카의 뒷모습을 지켜보다가 다시 발걸음을 돌리며 핸드폰을 꺼냈다. 아카리가 보낸 메시지였다.

'이번 주 일요일에 영화 보러 갈래요?'

미쓰오는 복잡한 표정을 지었다.

* * *

이튿날 미쓰오는 서서 먹는 국숫집에 들렀다. 지인……, 아니 단골인 유카가 없는지 가게 안을 둘러보고 나서 먹기 시작했다. 그리고 점원인 오하라에게 이야기했다.

"헤어진 아내는 밝고 대개 늘 까불고 덜렁거린다고 할까, 대범한 성격이라 안심이 됐죠. 하지만 곤노 씨라는 사람은 왠지 외로워 보이고 불안정한 면도 있고, 이 사람 언젠가 무슨 짓을 저지르지 않을까, 뭔가 있지 않을까 나까지 불안하고 그래서…… 그런데 곤노 씨가 아니라…… 아내한테서 그런 모습을 보기는 처음이었습니다."

미쓰오는 고개를 갸우뚱하면서 국수를 후루룩 먹었다.

* * *

일요일, 아카리는 상점가를 걷고 있었다. 잡화점 앞을 한번 지나치다가 갑자기 걸음을 멈추고 가게 밖에 진열해놓은 티슈 상자를 들고 안으로 들어갔다. 세제와 화장수, 화장솜을 바구니에 담고는 가게 안쪽 피임구가 진열된 선반을 별 생각 없이 멍하니 바라보았다.

집으로 돌아오자 메시지가 왔다. 미쓰오다.

'6시 30분에 영화관 앞에서 만나면 될까?'

시계를 보니 아직 4시다.

'알겠어.' 그렇게 답장을 보내고 휴대전화를 내려놓고 놓여 있던 빨랫감 바구니를 들고 화장실로 가다가…… 우뚝 멈추었다.

* * *

미쓰오가 화장실에서 콘택트렌즈를 끼고 나가자 놀러 온 아이코가 핸드폰으로 고양이 사진을 찍고 있었다.

"응?"

"유카가 사진을 찍어다달래."

"……찍을 수 있겠어요?"

"자꾸 움직이네."

"줘봐요."

미쓰오는 아이코로부터 핸드폰을 받아서 핫사쿠와 마틸다의 사진을 찍었다.

"유카는 어쩌고 있어요?"

"친구네 집으로 돌아갔어."

"……앞으로 어쩐대요?"

"너랑 관계가 있니?"

"……마틸다 여기 봐."

"슈이치한테서 전화가 왔다."

"아버지한테?"

"여전히 제멋대로야. 그리 오지 않겠냐는 거야. 가와구치 호에서 같이 살자는구나."

"자기 마음대로네."

미쓰오는 쓴웃음을 지었다.

"가게도 도모요한테 맡겼고."

"네?"

"생애 마지막 거처로 삼기에는 좋은 곳이지."

"……."

미쓰오는 아이코에게 아무런 말도 할 수가 없었다.

* * *

미쓰오는 약속 시간 5분 전에 영화관 앞에 도착했다. 곧 아카리도 올 것이다. 그렇게 생각하며 기다렸지만 좀처럼 오지 않았다. 시계를 보니 6시 35분이다. 아카리가 어쩐 일이지. 길까지 나가서 둘러보았지만 아카리의 모습은 보이지 않는다. 결국 시각은 6시 55분이 되었다. 아카리의 전화번호를 찾아 통화버튼을 누르려고 했을 때 아카리가 도로 건너편에서 걸어왔다. 시선이 마주쳤지만 아카리는 걸음을 서두르지 않고 천천히 다가왔다. 상태가 이상하다 여기면서 미쓰오도 걸어갔다.

"미안해, 먼저 만나자고 해놓고. 영화 시작했겠다."

"예고편도 있고 5분 정도니까."

"싫지?"

"괜찮아, 보자."

미쓰오는 안으로 들어갔다.

"미안해."

"정말로 괜찮아. 하지만 아카리가 늦다니 신기하네."

"응……."

"장소를 몰랐어?"

미쓰오는 문을 열었다. 안에서 커다란 소리가 들린다. 아카리를 재촉하며 안으로 들어가려고 했을 때 아카리가 불쑥 중얼거렸다.

어…… 그 말에 멈추어 선 미쓰오를 남겨 두고 아카리는 안으로 들어갔다. 나란히 영화를 보기 시작하고도 미쓰오는 혼란스러워서 아무것도 머릿속에 들어오지 않았다…….

최고의 이혼

미쓰오는 부두에 트럭을 세우고 동료인 시마무라와 함께 내렸다. 상자를 내리고 갑판에 늘어선 자판기에 캔 음료수를 채우는 두 사람의 작업은 기계처럼 재빠르고 정확하다. 작업을 마치고 주머니에서 지갑을 꺼내 캔커피를 뽑고는 벤치에 앉자, 스스로도 깜짝 놀랄 만큼 큰 한숨이 나왔다. 눈앞에 정박한 유람선을 보면서 커피를 마실 때 아이와 엄마가 손을 잡고 함께 곁을 지나갔다. 다정한 모자의 모습을 본 미쓰오는 일요일 영화관에서의 대화를 떠올렸다. 영화 내용 따위 머리에 하나도 들어오지 않은 채 어느새 영화가 끝나고 극장 안 조명이 켜져도 미쓰오는 여전히 얼이 빠진 채 앉아 있었다.

＊ ＊ ＊

"……아이라니."

미쓰오는 겉옷 소매에 팔을 꿰는 아카리에게 물었다.

"그 사람 아이야."

그야 그렇겠지. 미쓰오는 작게 고개를 끄덕였다.

"밖에 비 안 올까?"

그렇게 말하는 아카리의 옆모습을 바라보면서 무슨 말이든 하려고 입을 열던 순간이었다.

"어떻게 할 건지 지금은 묻지 말아줘."

나지막이 부탁하는 아카리의 말에 미쓰오는 입을 도로 다물었다.

일요일에 있었던 일이었다.

＊ ＊ ＊

일을 마치고 집으로 돌아오니 피로가 몰려온다. 소파에 털썩 앉자 마틸다와 핫사쿠가 미쓰오를 올려다본다. 사료를 원하는 모양이다. 미쓰오는 캔을 따서 숟가락으로 접시에 담았다. 하지만 미쓰오가 그 상태로 우두커니 멈춰 있자, 두 마리는 꼼짝도 않는 미쓰오의 손을 빤히 쳐다본다.

＊ ＊ ＊

유카는 친구 미키의 아파트 싱크대 앞에 서서 아이용 식기를 씻었다. 좁은 실내에는 표범 무늬 러그가 깔려 있고, 티슈 커버를 비롯해 백엔숍에서 산 잡화가 어지럽게 놓여 있다. 그때 등 뒤 미닫이문이 열렸다. 자고 있던 미키의 아들 다이스케가 서 있다.

"쉬야 할래?"

"엄마는?"

"엄마는 일 가셨지. 쉬야 안 해도 돼?"

"괜찮아."

"그럼 이모랑 다시 코 자자. 알겠지?"

수건으로 손을 닦으면서 다이스케를 안쪽 방으로 데려가려는데 핸드폰 진동이 울렸다.

"정말 쉬야 안 해도 괜찮겠어?"

유카는 전화를 받지 않고 그대로 다이스케를 침실로 데려가 재웠다. 다이스케를 다시 재우고 하품을 하면서 거실로 돌아온다. 여기저기 떨어져 있는 장난감을 주우면서 갑자기 생각나서 핸드폰을 꺼냈다.

아…… 화면을 보고 바로 내려놓았다. 설거지를 계속하려고 주방으로 갔지만 마음을 고쳐먹고 돌아왔다. 핸드폰을 들고 통화 기록을 불러와 전화를 걸었다.

"……아. 여보세요. 응."

조금 열려 있던 미닫이문을 꼭 닫고 나서 통화를 시작했다.

* * *

미쓰오가 파자마로 갈아입는 중간에 전화가 울렸다. 유카가 다시 건 전화다.

"아, 전화 했어?"

"했어. 응. 응."

미쓰오는 파자마 겉옷 단추도 채우지 않고 아래도 한쪽 다리만 걸친 상태라 어정쩡했다. 그런 상태가 유카에게도 전해졌는지 미심쩍은 목소리로 괜찮냐고 묻는다.

"……어? 응. 괜찮아. 괜찮습니다. 네. 응."

"……네?"

"응?"

"아니, 무슨 볼일이 있나 해서."

"아. 볼일은 아니고……. 아, 내가 다시 걸까."

"왜?"

"아니, 통화료를 당신이 내야 하니까."

"길어질 이야기야?"

"아니, 그렇지는 않고. 5분쯤 얘기하려고 했는데, 아 벌써 3분 40초쯤 됐나."

"아, 그럼 이대로 그냥 통화해."

"아, 응."

"……그래서?"

"아, 미안. 있잖아, 후지노미야. 후지노미야로 돌아가지 않을 거야?"

"응, 여기서 일을 찾고 있어."

"일. 아, 그렇구나."

"파견업체에 등록했어. 아직까진 순조로워."

"아, 아아, 그래."

"응."

미쓰오는 침묵했다.

"……그래서?"

유카가 뒷말을 재촉하자 미쓰오가 말했다.

"지금 피곤해?"

"왜 그런 걸 물어?"

"그냥 목소리가 그래서."

"피곤한가. 음, 어린애한테 익숙하지가 않으니까."

"그렇구나. 너무 무리하지 마."

"응……."

"저번에는 미안해."

"어……."

"우에하라 씨 댁에서 많은 일이 있었잖아."

"아……."

"괜찮은지 걱정돼서……."

"……나도 그 뒤에 여러모로 반성했어. 수고했다고 말한 적 없잖아."

"아, 아냐."

"말할걸."

"그건 나도 마찬가지니까 신경 쓰지 마."

"알았어, 그럼 비긴 걸로."

"비긴 걸로 하자."

전화기를 통해 전해지는 유카의 미소에 미쓰오의 얼굴에도 미소가 번졌다.

"아, 곤노 씨에게도 미안하다고 전해줘."

아카리의 이름이 나오자 미쓰오는 "아……" 하며 말문이 막혔다.

"나 말이야, 기분 나쁘게 행동했잖아. 아, 하지만 정말로 솔직히 정말로 두 사람 이대로 잘되면 좋겠다고 생각했고…… 응?"

"……."

"혹시 둘이 틀어졌어? 그랬다면 미안……."

"곤노 씨가 임신했어."

미쓰오가 꺼낸 말에 유카는 숨을 삼켰다. 두 사람 사이에 몇 초 동안 침묵이 흘렀다.

"……그랬구나."

유카가 간신히 입을 열었다.

"우에하라 씨 애야."

"아, 응, 그야 그렇겠지……."

"우에하라 씨에게는 아직 말하지 않은 것 같아. 다시 시작할 일 없다고 했는데 이렇게 돼서……."

흠흠, 유카의 헛기침이 들렸다.

"내가 어떻게 하면 좋을까. 곤노 씨는 어떻게 할까. ……여보세요?"

"이해가 안 되네."

"응?"

"나랑 관계도 없는 그런 얘기를 왜 지금 나한테 하는 거야?"

"미안. 그럴 생각으로 말한 건 아니지만…… 됐어, 응, 이 얘기는 지금 당신이랑 하고 싶던 이야기가 아니었어……."

"당신이 그 애의 아버지가 되면 되잖아?"

유카로부터 생각지도 못한 말이 전해졌다.

미쓰오는 "뭐?" 하며 할 말을 잃었다.

"그게 가장 원만한 해결책 아닐까?"

싸늘한 목소리로 유카가 덧붙였다.

"……그럴 수 없어."

"있어. 있다구. 사귀려고 했잖아? 그런 어중간한 마음이었어?"

"그건 아직. 아니 그런 이야기가 아니라……."

"책임지고 보살펴줘야 하지 않을까?"

"그게 아니라……."

미쓰오가 미간을 찡그렸다.

"그래, 응, 아빠가 되면 당신도 조금은 바뀌지 않을까."

"나는 그런 말을 하려는 게 아니야!"

갑자기 미쓰오의 목소리가 거칠어졌다.

"유카, 무슨 생각으로 그런 말을 하는 거야?"

화를 억누르지 못하고 미쓰오는 폭발하고 말았다.

"나는, 그래, 나는 당신이 아이를 원한다고 했을 때 필요 없다고 해서, 내가 그렇게 말해버려서 당신을 많이 슬프게 했어. 그 일, 그때, 그 뒤로, 지금까지 엄청나게 후회해……."

유카는 침묵했다.

"하지만 그게 그 당시 내 생각이었어. 대충 적당히 얼버무리려고 한 말이 아니었다고. 그런데 이제 와 곤노 씨에게 아이가 생겼습니다. 그렇습니까, 두 마디로 내가 아빠가 된다고? 아니. 될 리가 없잖아. 이야기가 다르잖아. 그런 짓을 하면 너에게 거짓말한 게 될 뿐이야. 너를 상처 입혔을 뿐이야. 나도 바라지 않아. 도무지 의미를 모르겠어. 뭐야. 나를 그렇게 생각했어? 그런 눈으로 봤어?"

"……."

핸드폰 너머로는 여전히 침묵이 흘렀다.

"왜 이럴 때, 이렇게 서로 상처 주는 소리를 해야 하는 거야. 나는 네가 걱정돼서 전화했을 뿐인데…… 뭐냐고."

미쓰오는 크게 심호흡을 했다. 간신히 흥분을 가라앉히고 핸드폰에 대고 조용히 이야기하려 했을 때…….

"민폐야. 다시는 전화하지 마."

유카는 빠르게 말하고 전화를 끊었다.

뚜─ 뚜─ 뚜─ 울리는 핸드폰을 든 채 미쓰오는 순간 당황했다.

서둘러 다시 걸어보았지만…… 전원이 꺼져 있다는 안내가 흘러
나올 따름이었다.

* * *

유카는 오랜만에 정장을 입고 아키하바라에 있는 인재파견회
사에 면담을 하러 갔다.

"라벨 붙이는 작업만 60일 동안 계속한 적이 있어요. 그리고
대부분 접수 업무를 했고 사무직은 한 적 없고, 제대로 일한 적
없고……."

"접수 업무도 훌륭한 직업이죠."

담당자가 말한다.

"아……." 유카는 어리둥절했다.

"네?"

"……아무것도 아니에요."

눈물을 글썽이며 당황하는 유카를 보고 이번에는 담당자가 어
리둥절해 한다.

"요새는 일자리 구하기가 쉽지 않은 만큼 아르바이트를 찾는
편이 좋겠지만, 일단 다음 주에 또 오실 수 있으세요?"

"네, 감사합니다."

유카는 저도 모르게 눈가를 훔쳤다.

* * *

인재파견회사를 나와 애니메이션과 아이돌 관련 상품들을 파는 가게들이 늘어선 거리를 걷던 유카는 '웨이트리스 모집' 전단을 발견하고 멈추었다. 가게로 들어가 점장에게 바깥의 전단을 보고 왔다고 말했다.

점장은 유카를 보더니 헉 놀라며 "음, 안 돼요"라고 했다.

"안 될 건 없다고 생각하는데요……."

"여긴 메이드카페예요. 안 됩니다."

"으음, 아슬아슬하게 되지 않을까요."

유카는 주위에 있는 메이드 복장을 한 젊은 여자들을 둘러보며 말했다.

"제가 안 된다고 하잖아요. 아직 휴대전화에 안테나 달려 있던 시절 세대죠? 반짝거리는 장식품 달고 다녔던?"

빈정거리는 점장에게 유카는 "그래요, 달았어요!"라고 씩씩하게 쏘아붙였다.

* * *

메이드카페를 나와 터벅터벅 걸어가는데 길모퉁이에 서 있던 까맣게 피부가 탄 남자가 활짝 웃으며 유카를 쳐다본다.

응? 유카는 수상하게 여기며 눈살을 찌푸렸다.

배가 고파서 패스트푸드점으로 들어가 창가 카운터석에서 햄버거를 먹으려는데 그 남자도 따라와서 옆자리에 앉았다.

"다른 자리도 비었잖아요."

"수상한 사람은 아닙니다."

남자는 명함을 꺼냈다. 무슨 기획사의 쓰나미 뭐시기라고 적혀 있다.

"엄청 수상하네요. 3월인데 피부는 왜 그렇게 탄 거예요?"

"괌에 다녀왔거든요."

"이빨은 왜 그렇게 하얀데요?"

"사모님, 미인이신데 이쪽 일에 관심 없으십니까?"

쓰나미는 유카의 질문을 무시하고 자기가 할 말을 꺼냈다.

"모델요?"

유카는 수상하다고 생각했지만 살짝 흥미를 내비쳤다.

"온천 계열 모델이죠."

"아, 그거요? 수건 같은 걸 두르는……."

"맞아요, 맞아, 이런 겁니다."

쓰나미는 가방에서 DVD 패키지를 꺼냈다. 《유부녀 유혹 온천》이라고 적혀 있다.

"……이건 수건을 안 두르는 거네요."

"지금 아주 인기 있는 시리즈인데 12편까지 나왔습니다."

"수건을 벗는 거죠."

"뭐, 그거는 어디까지나 결과고요."

"못 해요."

"할 수 있습니다."

"내가 못 한다잖아요."

"사모님은 A등급이니까 이만큼 드리겠습니다."

유카 앞에 손가락 세 개를 내민다.

"3억요? 어차피 30만 엔이겠죠."

"300만 엔입니다. 세 편 계약하면 한 장 드립니다."

"……갈게요."

유카는 외투를 들고 서둘러 자리에서 일어났다.

* * *

"0.1초 마음이 흔들렸어. 아니 흔들렸다 할 정도는 아니더라도 바람이 살랑이는 것 같아 무서워져서 곧바로 나와버렸어."

집에 돌아온 유카는 고타쓰에 들어가 거울 앞에서 화려한 화장을 하는 미키에게 오늘 있었던 일을 이야기했다.

"우리 가게에서 일하고 싶으면 소개해줄게."

미키가 말한다.

"으음, 접객은 나랑 안 맞아."

"난 천만 엔 준다면 할 거야."

"농담이지? 수건을 안 두르는데?"

유카가 말하자 미키는 장난감을 들고 잠든 다이스케에게 시선을 옮겼다.

"유카는 아이가 없어서 다행이야. 있었으면 그런 배부른 소리도 못 할 테니까."

"미안……."

"난 괜찮아. 유카가 와줘서 한숨 돌렸어. 하지만 앞으로 어쩔 거야?"

미키의 말에 유카는 힘없이 고개를 떨구었다.

"친정집에는 방도 없고……."

"그럼 또 밤샘 근무니까 잘 부탁해."

나가는 미키를 유카는 잘 다녀오라며 전송했다. 그러고 나서 다이스케에게 이불을 다시 덮어주고 낮에 받은 쓰나미의 명함을 들여다본다. 아냐, 안 돼 안 돼 안 돼. 유카는 황급히 고개를 가로저었다.

\* \* \*

아카리는 마사지 침대 위치를 바꾸기 위해 들어 올리려다가 순간 자신의 배를 의식하고 손을 뗐다. 그러고는 한동안 멍하니 있다가 수건을 정리하려고 화장실로 가려다 멈추어 섰다. 수건을 내려놓고 돌아와서 핸드폰을 집었다.

"……여보세요. 엄마."

입을 연 순간 목이 멨다.

\* \* \*

점심이 되어 동료 시마무라는 길에 세운 트럭 안에서 도시락을 먹었다. 미쓰오는 핸드폰을 들고 바깥으로 나갔다. 아카리에게 전화를 걸었지만 통화 중이다. 일단 끊고 이번에는 료에게 전화했다.

"······아, 여보세요. 우에하라 씨? 여보세요? 아, 하마사키입니다. 네? 아뇨, 하마사키요. 하마사키. 하, 마, 사, 키. 맞아요. 아뇨. 알면 됐습니다. 네? 정말이에요, 하마사키라고요. 여보세요? 왜 웃으십니까? 하, 마, 사, 키. 몇 번을 말하게 할 겁니까. 네. 네. 네? 여보세요? 여보세요? 뭐 드세요? 밤. 밤을 드시는군요. 아니, 됐어요. 왜요. 됐다고요, 아무튼 밤, 밤을 일단 삼키세요. 네. 괜찮습니다. 기다릴게요. 끊지 않을 테니까······ 네? 뭐요? 끊지 않았어요. 끊지 않았습니다. 끊을 리가 없잖습니까. 아직 아무런 용건도 꺼내지 못했는걸요. 네. 들립니다. 그보다 아직도 먹어요? 네? 아닙니다. 하, 마, 사, 키. 됐어요. 밤은 그냥 계속 드셔도 됩니다. 여보세요? 여보세요? 우에하라 씨? 네? 네? 누구십니까? 우에하라 씨는요? 우에하라 씨를 바꾸세요. 하, 마, 사, 키."

\* \* \*

미쓰오와 료는 노래방에 가서 안내받은 개인실로 향했다.

"죄송합니다."

료는 웃었다.

"왜 웃으십니까."

"이름을 몇 번이나 말씀하셨잖아요."

"우에하라 씨가 물었잖습니까."

미쓰오는 주변을 둘러보고 료의 귓가에 대고 말했다.

"중요한 이야기가 있어서 조용한 곳에서 이야기를 나누고 싶은데요."

"여기 개인실이에요."

"저기요, 곤노 씨에게 연락은……."

미쓰오가 말하는데 료가 개인실 문을 열었다. 거기에는 이미 젊은 여자 넷이 노래를 부르고 있었다. 료는 태연히 안으로 들어갔다.

"저기요 우에하라 씨…… 우에하라 씨!"

미쓰오는 말리려고 황급히 외쳤지만 료는 개의치 않고 여자들 사이에 앉더니 미쓰오보고도 오라고 손짓해서 하는 수 없이 들어갔다.

"이름이 뭐라고요?"

옆에 앉은 아유미라는 여자가 미쓰오에게 물었다.

"하, 마, 사, 키."

미쓰오가 대답했을 때 료와 여자들은 와아 하고 흥겹게 건배했다.

"하마사키 씨는 무슨 일을 해요?"

"자동판매기를 설치합니다."

"자판기를 여는 사람인가요?"

반대편에 앉은 미사키라는 여자가 물었다.

"이걸로 엽니다."

가방 안에서 열쇠다발을 꺼내 보여주면서 미쓰오는 괜히 우쭐

해졌다. 료와 여자들은 또다시 흥에 겨워 요란하게 건배를 했다.

"하마사키씨는 이중에 누가 타입이에요?"

미사키의 질문에 미쓰오는 "어……" 하면서 주위를 둘러보았다.

"나는 우에하라 씨보다 하마사키 씨."

"나도 하마사키 씨가 좋아."

아유미와 미사키가 번갈아 말했다.

"어, 그럼……." 미쓰오는 두 사람을 차례로 보고 "이쪽" 하고 아유미를 가리켰다.

"하마사키 씨, 지금 진짜로 골랐죠!"

미사키가 소리 지르자 료와 여자들이 와아 하며 건배하고 폭죽도 팡팡 요란하게 터뜨렸다.

"하마사키 씨는 재미있는 사람이구나."

여자들이 노래를 하자 료가 미쓰오 옆으로 자리를 옮겼다.

"이게 뭡니까."

"하마사키 씨를 만나게 돼서 잘됐어요."

"저는 만나고 싶지 않았지만, 마음에 걸리는 일이 있습니다."

미쓰오는 료를 흘끔 보았다.

"……우에하라 씨, 다르게 살겠다고 하셨죠?"

"아."

"그래서 아카리와 다시 시작하고 싶다고 했죠?"

"하마사키 씨."

"그렇게 말씀하셨는데 지금 이 상황, 말도 안 되는 전개, 언제 왕게임을 시작해도 이상하지 않은……."

"아카리랑 벌써 잤습니까?"

"……무슨 소리를 하는 겁니까."

"하마사키 씨, 재미있는 사람이네요. 제게서 아카리를 빼앗아놓고 제가 하마사키 씨한테 화나지 않았다고 생각하세요?"

료가 헤실헤실 웃는다.

"우에하라 씨가……"

"전 솔직히 하마사키 씨에게 살의를 느낍니다."

진지한 얼굴로 말하는 료를 미쓰오도 진지한 얼굴로 바라본다.

"지금 막 저한테도 살의가 생겼습니다."

미쓰오의 말에 료는 곁에 있던 마라카스를 들어 올리더니 미쓰오의 머리를 툭 쳤다. 미쓰오도 탬버린으로 툭 쳤다. 촤륵, 챙, 얼빠진 소리를 내면서 서로 때리는 사이에 점점 서로를 향한 가격에 진심이 담기기 시작했다.

"당신은 최악이야! 당신은 최악이야!"

미쓰오는 료를 꽉 붙들고 탬버린으로 퍽퍽 때렸다.

\* \* \*

뭐야 정말. 내가 왜 이런 꼴을 당해야 하지. 미쓰오는 아픈 머리를 문지르면서 메구로 강가를 걸었다.

"미쓰오."

자신을 부르는 소리에 돌아보니 다리 건너에서 아카리가 다가왔다.

"아……."

미쓰오는 저도 모르게 안도의 미소를 지었다.

* * *

"미안, 몇 번이나 전화했는데."

침실에서 실내복으로 갈아입고 아카리는 소파에 앉아 고양이를 보고 있었다. 미쓰오는 괜찮다며 고개를 가로저었다.

"뭐 마실래?"

"아니."

두 사람은 서로 미소 지었다.

"마실까?"

"……응."

아카리가 고개를 끄덕이자 미쓰오는 부엌에 가서 차를 준비했다.

"이름이 뭐였지."

"까만 애가 마틸다고 갈색 애가 핫사쿠."

주전자에 물을 담고 가스 불을 켜면서 대답한다.

"이 근처는 길도 좁아서 고양이한테는 좋겠네."

"그렇지."

"좋은 동네야. 이사 와서 이런저런 일이 있었지만 미쓰오도 만났고, 이사 오기를 잘했어."

"응?"

"거짓말하지 않는 사람이랑 같이 있으면 안심이 돼."

"……아."

미쓰오는 갑자기 손이 떨려서 홍차 잎을 흘리고 말았다.

"유카 씨도 알았을 거야."

미쓰오는 홍차 잎을 주워 모으면서 "뭐?" 하며 고개를 들었다.

"성실하고 거짓이 없는 사람과 함께 있으면 자신도 원래 모습으로 있을 수 있어. 안심이 되니까."

"안심된다는 말 들은 적 없는데."

"그게 일상이니까. 미쓰오는 거짓말하지 않는 게 일상이란 뜻이야."

아카리는 갑자기 웃으며 말을 이었다.

"성가신 사람이지만 그 점까지 포함해서 좋아해."

미쓰오도 따라서 쓴웃음을 짓는다.

"……어째 평생 치 칭찬을 받은 것 같네."

"평생 치 칭찬을 하는 거야."

"응?"

"어쩌면 사귀었을지도 모르잖아. 그런 분위기였고."

미쓰오는 일어나서 아카리를 향했다.

"하지만 그러지 못하게 되었으니까. 못하게 된 만큼 지금 칭찬해두는 거야."

"······아카리."

소파로 가려고 하니 짐볼이 길을 가로막았다. 미쓰오는 저도 모르게 멈춰 섰다.

아카리가 "응?" 하고 고개를 갸웃했다.

"······내가 아무런 힘도 되지 못했어."

"······."

"아무런······."

"괜찮아, 타이밍 문제지. 고마워."

아카리가 살짝 미소 지었다.

"미쓰오, 물 끓어."

아······ 미쓰오는 허둥지둥 불을 껐다. 그러고는 주전자를 바라본 채 우두커니 섰다. 꼼짝할 수가 없었다.

"나, 낳을래."

"······."

"낳아서 키울래. 엄마가 될래."

"······."

"고마워. 이제 괜찮아."

"우에하라 씨는······?"

미쓰오가 간신히 목소리를 짜내 묻자 아카리가 고개를 살며시 내저었다.

"우에하라 씨랑 이야기하는 편이······."

다시 얘기하는 미쓰오의 말에 아카리는 조용히 고개를 저었다.

"나, 조금 전까지 우에하라 씨랑……."

"내 일이야. 나 혼자만의 일이야."

아카리가 단호하게 차단했다.

"혼자가……."

"혼자가 아니야. 둘이 될 거야."

"……무섭지 않아?"

그렇게 묻자 아카리는 잠시 생각에 잠겼다. 그리고 고개를 들어 말했다.

"……무섭지 않아. 나는 엄마가 되고 싶어. 그게 나에게 거짓 없는 삶이야. 제대로 사는 법이야."

미쓰오가 아무 말도 하지 못하자 아카리는 잠깐 미소 짓고 스스로를 설득하듯이 "응" 하고 고개를 끄덕였다. 하지만 아카리가 웃는 얼굴을 보일수록 미쓰오는 점점 더 불안과 걱정이 쌓여갔다.

\* \* \*

그 무렵 료는 대학 교실 창가에 서서 깜빡거리는 빌딩 항공등의 빨간 램프를 보고 있었다.

\* \* \*

미쓰오가 아침에 일어났을 때, 부엌에는 어젯밤 물을 끓이려고 했던 주전자가 그대로였고 찻잔과 접시, 차 주전자 등이 보였다. 치워야 한다고 생각했지만 도저히 몸이 움직이지 않았다.

* * *

일주일이 지나 유카는 다시 파견회사에 가보았지만 이렇다 할 수확은 없었다. 터벅터벅 걸으며 돌아가는데 지난번과 똑같은 장소에 쓰나미가 또 서 있었다.

"남편은 나쁜 사람은 아니었지만 너무 예민하고 인간 불신 같은 구석이 있는 사람이었어요."

유카는 지난주와 똑같은 패스트푸드점 테이블석에서 쓰나미와 마주 앉았다.

"인간 불신?"

"인간을 싫어하는 거죠."

"원령공주 같은 남편이란 말인가요?"

"으음, 그건 아니고요."

"진짜로 사모님이면 800만 엔 드리겠습니다."

"지난번에 한 편이라고 하셨죠."

"기억하고 계시는군요! 흥미가 있으시군요!"

"저기요, 저는 그 정도로 바닥까지 떨어지지 않았어요."

"사모님, 요즘 사람들은 바닥까지 안 떨어져도 합니다. 이혼하고 오는 사람도 많아요. 다들 지극히 평범한 사람뿐이라고요."

"그렇겠죠. 나처럼 뭘 해도 안 되는 사람이 뭘 잘났다고 그런 말을 하면 안 되겠지……."

유카는 자조적으로 웃었다.

"아뇨, 사모님은 미인입니다."

"……"

"아직 젊고요. 자신의 가능성을 시험해보시죠."

"……갈게요."

유카는 서둘러 외투를 들고 자리에서 일어났다.

"정말로 예쁘십니다! 포토샵을 쓰면 스무 살로 보인대도요!"

쓰나미의 말이 유카의 뒤통수에 콕 박혔다.

* * *

"엄청나게 수상한 사람에게 칭찬받고 수상하다 여기면서도 기뻐하는 나란 존재가 이 안에 있다니까."

냉장고에 남은 재료로 대충 만든 파스타로 저녁을 먹으면서 유카는 미키에게 오늘 있었던 일을 이야기했다.

"응."

"이 사람은 날 속이려고 하는구나, 하지만 좀 속으면 어때, 이해관계가 있는 사람이 더 상냥한 법이니까."

"맞아. 그래서 나도 호스트에 빠졌지."

"결국 나도 누군가에게 칭찬받고 싶었구나, 인정받고 싶었던 거구나…… 흔해 빠진 일이지."

또다시 유카는 자조적으로 웃었다. 최근에 이런 식으로밖에 웃지 못했다.

"흔하디흔하고 모두가 공감하는 고민이 제일 괴로운 거야."

"다 먹으면 공원에 갈까."

얌전히 먹는 다이스케에게 말을 건네는 유카 맞은편에서 미키
는 쓰나미의 명함을 빤히 보고 있었다.

* * *

프로덕트디자인과는…… 미쓰오는 캠퍼스 안 표지판을 보면
서 걸었다. 작품을 손에 들고 지나가는 학생들 가운데 아리무라
치히로가 있었다. 둘 다 지나치는 순간 알아보고 동시에 돌아보
았다. 그러고는 서로 인사했다.

"저기 지금 우에하라 씨는……."

"병원에 있어요."

"……병원?"

치히로는 미쓰오가 무슨 말인지 이해를 못하자 료가 다친 현
장인 교실로 데려갔다.

"저 나무예요. 저기에서 실수로 떨어졌어요."

창문을 열고 내려다보자 정원수가 보였다.

"괜찮은가요?"

"그렇게 괜찮지는 않지만 그럭저럭 괜찮으니까 병원에 있는
게 아닐까요."

"아……."

"꽤 취했던 모양이고…… 별 상관없지만요."

치히로는 그렇게 말하고는 문득 쓸쓸한 표정을 지으며 교실을
나가버렸다. 미쓰오는 창밖으로 나무를 내려다보고는 뭔가 불길

한 기운을 느꼈다.

* * *

"자, 됐다."

머플러를 고쳐 매주자 다이스케는 곧장 그네로 달려갔다. 다이스케를 지켜보는데 핸드폰 메시지가 도착했다. 아이코가 보낸 메시지다.

'잘 지내니? 갑작스럽지만 아들이 사는 가와구치 호로 이사를 가게 되었단다'라고 적혀 있고 마틸다와 핫사쿠의 사진이 첨부되어 있다. 코가 찡해지며 눈물이 치밀어오를 뻔했다. 황급히 입술을 깨물어 눈물을 참았다. 다이스케가 그네 타는 소리가 괜히 더 크게 울렸다.

* * *

료는 창가 침대에서 간호사와 여자 환자를 상대로 마술쇼를 벌이고 있었다. 어깨가 탈구된 정도로, 붕대를 감고 있지만 건강해 보인다. 료가 가만히 지켜보던 미쓰오를 알아채고 고개를 들었다.

"하마사키 씨……?"

의아해하는 얼굴의 료를 무시하고 미쓰오는 뒤돌아서 병실을 나갔다.

"하마사키 씨, 병문안을 와주셨군요."

미쓰오가 계단을 내려가자 료가 따라왔다.

"지난번 일로 아직도 화나셨어요?"

"왜 창문에서 떨어졌습니까?"

미쓰오는 걸음을 멈춰 돌아서서는 료를 노려보았다.

"······취해서 기억이 안 나요."

"취한 사람이 번번이 떨어진다면 5층이나 6층에는 술집을 안 열겠죠. 본인이 직접 창문을 열었죠?"

"······글쎄요."

"어쩌다 당신이 그렇게 됐는지 모르겠지만 본인이 창문을 열었죠?"

"······3층이에요."

"그럼 다음에는 4층입니까. 그다음은 5층입니까. 몇 번쯤 되면 옥상일까요."

미쓰오는 점점 격분해 목소리가 커지고 말았다.

"그런 거 말이죠, 그런 생각은, 다들 이런저런 일을 겪으면 이런저런 생각을 하지만······ 아뇨, 됐어요, 아무것도 아닙니다."

미쓰오는 흥분한 자신의 감정을 억누르듯이 마지막에는 될 대로 되라는 것처럼 말했다.

료는 "네, 그럼 실례하겠습니다"라고 말하고는 미쓰오의 눈을 피하더니 뒤돌아서 다시 계단을 올라갔다. 환자복 차림의 료의 뒷모습이 멀어진다. 남겨진 미쓰오는 어떻게 하면 좋을지 몰라 발만 동동 굴렀다. 그러다가······ 료를 좇아 계단을 뛰어 올라갔다.

"당신에게 아이가 있어요!"

병실로 이어지는 복도를 걷는 료를 향해 있는 힘껏 외쳤다. 주위의 간호사와 문병객들이 놀라는 가운데 료가 우뚝 멈춰 섰다.

"그녀의 뱃속에 당신 아이가 있다고요!"

료가 천천히 돌아보고 미쓰오를 향해 걸어왔다. 그러고는 강렬한 눈빛으로 미쓰오를 응시했다.

"고마워요."

"아닙니다."

미쓰오가 고개를 끄덕이는 것과 동시에 료가 엄청난 기세로 계단으로 달려갔다. 미쓰오는 돌아서서 멀어지는 료의 발소리를 들었다.

* * *

다이스케가 그네에서 떨어져 다치고 말았다. 유카가 데리고 돌아가니 미키는 대수롭지 않게 반응하며 다이스케 다친 곳에 반창고를 붙여줬다.

"괜찮아, 괜찮아. 주스 마셔."

미키의 말에 다이스케는 주스를 가지러 주방으로 갔다.

"미안."

유카는 무릎을 조아리며 고개를 숙였다. 아이코가 보내준 고양이 사진을 보다가 잠깐 다이스케에게서 눈을 떼고 말았다.

"됐어, 다들 잠깐 멍하니 있을 때가 있잖아. 나도 맨날 다이스케 그냥 내버려두는 걸, 이쯤은……."

"미안."

유카가 울먹이는 바람에 미키가 오히려 당황했다.

"어…… 뭐야, 왜 그래. 유카, 너 좀 이상하지 않아? 그래, 우리 한잔 하러 가자, 내 전 남편한테 다이스케를 맡기고, 응?"

* * *

아카리는 거실 전구를 갈고 있었다. 그때 현관에서 노크 소리가 나서 문을 열자 료가 있었다. 환자복 차림에 어깨에는 붕대를 둘렀고 병원 이름이 적힌 슬리퍼를 신고 있다. 아카리는 일단 들어오라고 하고 집에 들였다. .

료는 그제야 자신의 이상한 차림을 깨달은 모양이다. "이런 꼴로……"라며 쓴웃음을 짓는다.

"어쩐 일이야?"

아카리도 웃으면서 물었다.

"미안……."

"조심해야지."

"응."

대체 무슨 말을 하러 온 것인가. 아카리는 료가 이야기를 꺼내기를 기다렸다.

"병원은……."

아카리는 료의 붕대를 가리키며 의아한 표정을 지었다. 하지만 료는 그게 아니라는 듯이 아카리의 몸을 가리켰다. 역시 그 일인가. 아카리는 고개를 살짝 끄덕이고 대답했다.

"야리가자키에 있는 병원에 다녀왔어."

"그래, 그랬구나."

특별히 할 말이 없어서 아카리는 잠자코 있었다.

"……뭐래?"

"2개월이래."

아카리의 말에 료는 스스로 그 사실을 확인하듯이 몇 번이고 고개를 끄덕였다.

"상태는 그러니까……."

료는 제 배를 만지면서 말한다.

"건강해?"

"응, 초음파 사진도 찍었고 벌써 움직이는 모습도 봤어."

아카리의 이야기를 들으면서 료는 다시 거듭 고개를 끄덕였다.

"저기 있잖아, 그 사진 지금 있어?"

"있어."

"……보고 싶어."

조심스럽게, 아니 쑥스러운 듯이 료가 말을 꺼냈다.

"남한테 보여줄 수 없어."

아카리는 단호하게 말했다.

"두 달 동안 자신이 바깥에서 뭘 했는지 알지? 알면 자기 애라는 소리는 못 할 거야. 그럴 자격 없지? 당신은 결국 여자랑 하는 것밖에 머리에 없는 남자야."

충격을 받았는지 넋 나간 표정을 짓고 있는 료를 보고 아카리가 씩 웃었다.

"사실 그거면 됐지. 그렇게 살아가는 사람이 부러워. 우리는 잊어. 또 다른 여자들이랑 사귀면 되잖아. 금방 잊을 수 있어. 간단하게."

"……"

"곧 손님이 올 거야."

아카리는 일어났지만 료는 앉은 채 움직이지 않는다.

"저기, 방해가 되거든?"

일어나라고 채근하는 아카리를 료는 올려다본다.

"뭐야……"

"잊을 수 없어. 잊지 않을 거야."

료는 아카리를 쩨려보면서 목소리를 쥐어짜낸다. 아카리는 그 눈에 담긴 격렬한 감정에 놀라 뒤돌아서 현관으로 가려고 했다. 료가 일어나 아카리의 팔을 붙잡는다. 아카리가 성가시다는 듯이 손을 뿌리치자 이번에는 어깨를 붙잡는다. 료는 아카리의 몸을 자신을 향하도록 돌리고 억지로 그 자리에 앉혔다.

"만나고 싶습니다. 그 아이를 만나고 싶습니다."

료는 아카리와 아카리의 배를 보며 이야기했다. 이야기하는 사이에 료의 눈에 점점 눈물이 차올랐다. 아카리는 고개를 돌렸다.

"여기에 오는 동안 줄곧 생각했습니다. 그 아이의 작은 손을요.

그 아이의 작은 발을요. 아직 아무것도 보이지 않는 눈을요. 줄곧 떠올렸습니다. 앞으로의 일, 그 아이가 성장하는 모습을 상상했습니다. 같이 목욕을 하거나 목말을 태우거나, 그 아이가 말을 배우고 키가 자라서 저 벽 어딘가에 표시를 해 키를 재는…… 그런 생각을 줄곧 했습니다."

료는 눈물을 흘리면서도 미소를 지으며 말했다.

"눈 깜짝할 사이에 크는구나. 그런 대화를 나누는 우리도 떠올렸습니다. 나도 아카리도 나이를 먹고 서로 누구 아빠, 누구 엄마라고 부르는 모습을요. 지금도 그렇습니다. 이 방에는 세 사람, 두 사람이 아니라 세 사람이라는 생각을 하고 맙니다. 그러니까 잊을 수 없을 겁니다. 그 아이가 어른으로 자라는 모습을 생각해 버렸으니까, 아마 평생 잊을 수 없을 겁니다. 죄송합니다, 아카리 씨. 나는 그 아이의 아버지가 되고 싶습니다. 아버지라고 불리고 싶습니다. 셋이서 살고 싶습니다."

아카리는 료를 똑바로 바라보았다.

"미안합니다. 이 가족에 끼워주세요."

료가 필사적으로 호소했다.

"……."

아카리는 다시 고개를 돌리고 집 안으로 들어간다.

"아카리……!"

료의 목소리가 들렸지만 상관하지 않고 화장실로 들어가 문을 쾅 닫았다.

"……성가셔."

여러 의미로 성가시다. 아카리는 복잡한 심경을 끌어안고 나지막이 한숨을 토했다.

* * *

미쓰오는 메구로 강 다리 위에서 아카리와 료는 어떻게 되었을지 걱정하며 먼 곳을 내다보았다. 그때 아카리에게 빌린 듯한 외투를 입고 터벅터벅 걸어오는 료가 보였다. 미쓰오는 어깨를 움츠리며 추위하는 료를 데리고 어묵 포장마차를 들렀다.

"어떻게 됐습니까?"

"손님이 오니까 다시 연락한대요."

료는 고개를 갸웃했다.

"어, 그거 어떤 의미죠? 여자가 또 연락한다고 하고 연락하는 일은 없지 않나요?"

"그렇게 확언하지 말아 주세요."

고개를 푹 떨구는 료의 술잔에 미쓰오가 술을 따른다.

"아, 감사합니다."

료는 미쓰오에게 술병을 받아 마찬가지로 술잔에 술을 따라 준다.

"아, 감사합니다."

두 사람은 한동안 술잔을 기울였다.

"걔들은 진짜 몰라요."

미쓰오가 입을 열었다.

"맞습니다."

료가 순순히 수긍했다.

"내 생각에 말입니다. 결혼은 남자끼리, 여자끼리 하는 편이 잘 살 것 같지 않습니까? 아, 그건 아니겠다."

\* \* \*

유카는 미키에게 이끌려 클럽에 왔다. 미키의 화려한 옷을 빌려 꾸며봤지만 클럽 규모와 안에서 들리는 묵직한 사운드에 겁을 잔뜩 집어먹었다.

"역시 나……." 유카가 되돌아가려고 하자 안에서 쓰나미가 나와 웃는 얼굴로 손을 흔들었다.

"어…… 어째서."

"내가 불렀어."

"왜 그랬어, 이 사람…… 난 돌아갈래."

유카는 그렇게 말했지만 미키의 손에 끌려 마지못해 쓰나미와 함께 가게 안으로 들어갔다.

\* \* \*

일하다가 문득 확인하니 음성 메시지가 와 있었다. 재생하자 자동 메시지에 이어 료의 목소리가 들렸다.

"어, 아, 저기 하마사키 씨? 하마사키 씨인가요? 우에하라예요. 어…… 하마사키 씨인가요? 하마사키…….”

“하마사키입니다.”

미쓰오는 음성메시지에 대답했다.

“우에하라인데요.”

“대체 몇 번을…….”

“아카리와 다시 시작하기로 했습니다.”

어…… 생각지도 못한 전개에 미쓰오는 놀랐다.

“어제 이야기하고 다시 결혼 쪽으로 이야기를…… 이 번호 하마사키 씨 맞지요?”

“하마사키 맞습니다.”

“여보세요?”

“여보세요.”

“하마사키 씨?”

아직 진정이 안 되는지 료의 말에 두서가 없다.

“이거 음성 메시지예요, 음성메시지. 아니 나도 그러고 있잖아.”

어쩐지 미쓰오도 혼란스러웠다.

“혹시 괜찮으시다면 오늘 밤 저희랑 하마사키 씨, 유카 씨 다 함께 식사하지 않으시겠어요?”

어…… 미쓰오는 다시 말문이 막혔다.

\* \* \*

미쓰오는 금붕어 카페 안쪽 테이블에 식탁보를 깔고 샴페인 잔을 놓았다. 한 걸음 떨어져 테이블 전체의 균형과 배치를 보고 신중하게 수정한다.

"정말로 이걸로 해? 인심이 제법 후하네."

도모요가 아이스박스에 둔 샴페인을 가져왔다.

"축하 자리니까. 임신부라서 건배만 할 거지만."

"유카는 온대?"

"메시지는 보냈는데……."

그때 아카리가 들어왔다.

"아, 축하드려요. 빨리 왔네요."

도모요는 아카리를 자리로 안내하더니 자신은 주방으로 들어갔다.

"이쪽에 앉으세요."

미쓰오는 의자를 빼고 아카리를 앉혔다.

"고마워."

"어, 그런데."

미쓰오는 입구를 바라보았다.

"아, 내가 먼저 왔어."

"아, 그런가요. 그럼 이건 이따가."

미쓰오는 샴페인을 내리려고 했다. 그 모습을 보고 아카리가 말문을 열었다.

"혹시 괜찮으면 먼저 둘이서 건배하지 않을래?"

"하지만……." 망설이는 미쓰오에게 아카리는 앞자리를 가리키고 앉으라며 미소 지었다. 미쓰오는 그 말에 순순히 따르며 샴페인을 땄다.

"우에하라 씨가 기뻐하셨겠네요."

"응."

"우에하라 씨, 눈에서 침을 흘린 거 아닙니까?"

미쓰오는 샴페인을 잔에 따랐다.

"정말 잘됐습니다."

"고마워."

"정말로 잘됐다고 생각해요. 정말로 기쁩니다."

"알아요. 하마사키 씨는 저보다 기뻐해주시네요."

"그런 일이 있었잖아요. 아니, 일일이 그런 일이라고 하지 않아도 되지만, 정말 생각지도 못한 대역전극이에요. 다시 우에하라 씨에게 그런 애정을 가지게 되었다는 게……."

"애정은 없어요."

아카리는 평소의 담담한 말투였다.

"네?"

"지금은 그를 사랑하지 않아요."

미쓰오는 저도 모르게 입을 벌리고 얼빠진 얼굴을 하고 말았다.

"그런 일이 있었으니 그리 쉽게 손바닥 뒤집듯 바뀌지 않아요."

아카리는 미소를 지었다.

"……어라, 죄송합니다. 혹시 제가 음성메시지를 잘못 들고……."

"애정은 없지만 결혼은 합니다. 신뢰는 하지 않지만 결혼은 할 거예요."

"……죄송합니다, 무슨 말씀인지 잘 모르겠는데요."

"그 사람이랑 제 사이에 아이가 있잖아요."

"네……."

"현실적인 선택을 한 거예요."

"……."

미쓰오는 아카리의 이야기가 좀처럼 이해가 되지 않았다.

"아, 오해하지 마세요. 사이좋게 지낼 수 있어요. 원래 성격은 잘 맞는 편이고, 살면서 싸우지도 않을 테고 잘살 거예요. 무엇보다 그이는 아이를 좋아하고요."

"하지만 애정은 없다고요?"

"배신당한 기억이 있는걸요."

"……우에하라 씨는 반성하고 계시죠."

"할 거예요. 하지만 언젠가 또 바람피울지도 모를 일이죠."

"그렇지 않아요. 우에하라 씨는 변하겠다고 했어요."

"사람은 변하지 않아요."

아카리는 그렇게 말하면서 달관한 듯이 웃었다.

"우리는 10대가 아니에요. 지금의 내가 진짜 나예요. 사람이 변할 수 있다고 생각하는 건 빚이랑 마찬가지죠. 월급 안에서 갚아나가야 해요."

"아니, 하지만⋯⋯."

"괜찮아요. 저는 잘할 수 있어요."

웃는 얼굴로 의연하게 단언하는 아카리에게 미쓰오는 압도당할 수밖에 없었다.

"이거 언제 마셔요?"

아카리는 샴페인 잔을 들었다.

"빨리 건배하죠?"

미쓰오도 서둘러 샴페인 잔을 든다.

"⋯⋯왜 그런 이야기를 저한테 하는 거죠."

미쓰오가 묻자 아카리는 고개를 갸우뚱하며 말했다.

"아마 지금은 그 사람보다 미쓰오를 좋아하기 때문이려나."

"왜 지금 그런 소리를 하지."

"10년 전 복수."

장난스럽게 미소 짓는 아카리와 잔을 부딪치고 조금 마셨을 때였다. "어서 오세요!" 하고 들어온 손님에게 인사하는 도모요의 목소리가 들렸다. 미쓰오가 돌아보니 료가 웃으며 걸어왔다.

"안녕하세요."

그 환한 미소를 보기가 괴로웠다.

"먼저 마셨어. 료, 여기 앉아."

아카리는 옆자리를 가리켰다. 생글생글 웃으면서 앉는 료를 미쓰오는 멍하니 바라보았다.

"하마사키 씨가."

"응."

두 사람은 얼굴을 가까이 대고 이야기했다.

"당신이 기뻐서 눈으로 침을 흘린 거 아니냐던데."

"어, 하마사키 씨, 눈으로 침 흘린 적이 있으세요?"

미쓰오는 고개를 갸웃하며 애매하게 미소 지었다.

그날 밤 미쓰오 옆자리는 비어 있었다.

\* \* \*

아카리와 료와 식사를 마친 미쓰오는 아이코의 집에 들렀다.
짐은 대부분 박스에 정리해놓은 상태였다. 안쪽 방으로 가니 아
이코가 옷 정리를 하고 있다.

"료는 벌써 돌아갔니?"

"네……." 미쓰오는 대답하고 아이코 곁에 앉았다.

"……가와구치 호에 가봐야 아무것도 없어요."

"호토 우동 안 먹어봤니? 맛있단다."

"너무 멀어. 좀처럼 만나지 못할 거야. 고보토케 터널은 늘 차
가 꽉 막히고……."

"할미가 늘 곁에 있다고 생각하면 오산이야."

"……무슨 소리야, 계시잖아요."

"색연필이랑 똑같다. 좋아하는 색부터 먼저 닳지."

미쓰오는 아무런 대답도 하지 못했다.

"나 왔어."

미쓰오는 고양이에게 인사하며 집으로 들어가 주방에서 된장국을 끓이고, 생선을 굽고, 채소를 썰었다. 식탁에서 묵묵히 식사를 마치고 빨래를 하고 목욕을 한 뒤 머리카락을 말리면서 분재를 손질한다. 그러고 나서 침대로 들어가 안대를 차고 잠들었다가…… 생각이 나서 화장실로 갔다. 화장실 바닥에 무릎을 끌어안고 주저앉았다. 얼마나 그렇게 있었을까. 미쓰오는 고개를 들고 중얼거렸다.

"유카."

화장실을 나와 식탁 위 핸드폰을 들고 앉아 전화를 걸었다. 한참 연결음이 이어지다가 유카가 받았다.

"여보세요! 여보세요? 여보세요? 유카?"

"……뭐야?"

벼르고 있던 미쓰오의 귀에 유카의 싸늘한 목소리가 전해졌다.

"응, 아니……."

"응?"

"응…… 뭐하고 있나 해서."

"지금?"

"지금이랄까……. 저기, 내일은 시간 어때?"

"내일 약속 있어."

"아, 그래……. 뭔데? 급한 일이야?"

"나 말이야."

"응."

"배우 할까 봐."

"뭐?"

유카의 입에서 나온 상상도 못했던 말이 나왔다.

"······저기 미안, 배우라니?"

갑작스러운 전개에 머리가 따라가지 못한다.

"배우 말이야."

"당신이?"

"내 수준이면 할 수 있나 봐."

"뭔 소리야."

미쓰오는 저도 모르게 쓴웃음을 지었다.

"그러니까 해봐도 되지 않을까."

유카는 막무가내로 우겨봤다.

"당신 제정신이야?"

"······."

"배우가 될 리가 없잖아."

"어떻게 알아?"

유카가 화난 목소리로 대꾸했다.

"그건······."

"될 수 있다고 한 사람이 있어. 나보고 예쁘대, 포토샵을 쓰면······."

"사기 아냐?"

"······됐어, 마음대로 생각해."

"아니, 하지만······."

"끊는다."

"어, 잠깐만, 아니······ 여보세요?"

클럽 라커룸에서 통화하던 유카는 일방적으로 전화를 끊었다. 고개를 들고 문을 열고 어둑한 복도를 걸어가 음악이 울리는 플로어로 들어간다. 딱 붙어 춤추는 미키와 쓰나미가 보였다. 유카를 보고 두 사람이 이쪽으로 오라고 손을 흔든다. 유카는 굳은 표정을 확 바꿔 미소를 지으며 플로어로 나갔다.

* * *

"······유카? 여보세요? 할 얘기가 있어. 당신한테 하고 싶은 이야기가 있는데. 슬슬 벽지 다시 발라야 하지 않을까. 기분 전환이 될 거야. 그리고 식기세척기 사고 싶어 했잖아. 살까 해. 싼 게 있나 봐. 그리고 말이야, 아, 관계없는 이야기지만 깃카와 고지(일본의 록 가수이자 배우 - 옮긴이)의 머리카락 색이 언제 그렇게 됐어? 요전에 텔레비전을 보다 당신한테 물어보려고 했어. 그리고 우리 집에 있는 유리 푸딩용기 피클을 담는 정도밖에 쓸 데가 없지? 피클 안 먹는데. 유카? 최근에 페이스북에 글 안 쓰더라? 유카. 나 말이야. 나······."

미쓰오는 끊긴 전화를 향해 혼자 떠들었다. 문득 앞을 보니 유카가 늘 앉아 있던 의자가 있다. 미쓰오는 일어나 핸드폰을 든 채 그 의자에 앉았다. 유카의 눈에는 이 집이 어떻게 비쳤을까.

"……유카. 미안. 화분 치우자. 베란다에서 차 마시고 싶다고 했었지."

핸드폰을 내려놓고 베란다로 나가려 했을 때 핸드폰이 울렸다.

"여보세요!"

미쓰오는 얼른 전화를 받았다.

"여보세요, 하마자키 씨?"

담당 영업장인 오이 경마장 담당자 다다의 목소리가 들렸다.

"내일 올 수 있어? 늘 오는 멤버인데."

"네, 가겠습니다."

늘 그렇듯이 강제와 다름없는 권유였다.

* * *

이튿날 미쓰오는 야구 유니폼 차림으로 집합 장소인 아키하바라 역 앞에 서 있었다.

"하마자키 씨."

다다와 그의 동료 몇 명이 걸어오고 있었다. 그런데 그들은 야구 유니폼을 입지 않았다. 원색 겉옷과 티셔츠 차림이다. '덴파구미.inc'라는 아이돌 그룹 상품인 모양이었다. 머리띠를 두르고 손에는 야광봉을 들었다. 놀라서 얼어붙은 미쓰오에게 다다가 말했다.

"어, 뭐 하는 거야. 오늘은 야구가 아니야."

"아, 죄송합니다……."

조건반사적으로 사과한 미쓰오는 모두와 똑같은 상품을 갖추어야 했다.

"응원 구호는 주위를 보면서 따라하면 되고, 누구를 뽑을지는 일단 오늘 라이브를 보고 결정해."

"네."

인파로 가득 찬 라이브하우스에 스탠딩 관객 모두가 색색의 티셔츠를 입고 야광봉을 들고 있다. 미쓰오는 쉼 없이 부딪치는 사람들에 못 견디고 도망치려 했으나 되밀려서 나가지 못하고 있었다. 객석의 조명이 꺼지자 전주와 함께 화려한 조명이 들이비쳤다.

우오오오오오오오!

스테이지에 '덴파구미' 멤버가 등장했다. 환호성을 지르며 관객이 우르르 앞으로 밀려들어 미쓰오도 맨 앞줄로 밀려 나갔다. 〈W.W.D〉라는 노래가 시작되고 관객이 일제히 야광봉을 흔들며 멤버 이름을 외친다.

미쓰오는 하는 수 없이 스테이지를 쳐다보았다. 화려한 조명 아래 멤버가 노래하며 춤춘다. 머리카락이 흐트러지고 땀범벅이 되어서도 미소를 잃지 않으며 전력으로 노래하고 춤춘다. 객석도 지지 않으려는 듯 성원을 보낸다. 굉장한 일체감이다. 처음에는 아무 생각 없이 바라보던 미쓰오의 마음속에 뭐라 설명할 수 없는 에너지가 생겨났다. 점점 자신의 눈이 빛나는 게 느껴진다. 자연히 오른손의 야광봉을 들고 전력으로 흔들었다.

"우랴오이우랴오이! 우랴오이우랴오이! 우랴오이우랴오이!"

객석 전원이 멤버 구호를 외치는 소리에 맞춰 미쓰오도 있는 힘껏 외쳤다.

"그래, 좋아, 가자!"

미쓰오는 꽉 들어찬 객석 맨 앞에서 소리쳤다. 첫 라이브에서 덴파구미에 완전히 빠져 요새는 아키하바라 디어스테이지를 번 질나게 드나들었다. 양손에 세 개씩 야광봉을 들고 멤버 전원의 사진을 프린트한 티셔츠를 입었다. 멤버 이름과 프로필은 물론이 고 응원 구호도 율동도 완벽하게 머릿속에 입력되어 있다.

공연이 끝난 뒤 스테이지 위에서 악수회가 시작되었다. 그 옆 에서는 앨범을 팔면서 악수권을 배부한다. 가방을 짊어진 미쓰오 는 다다와 함께 줄을 섰다.

"하마사키 씨, 정면에서 야광봉 흔들었지!"

"네무쿵이 저를 봐줬어요!"

들떠 있다가 미쓰오 차례가 왔다.

"열 장 주세요." 그렇게 말하며 일만 엔짜리 지폐를 꺼내 같은 앨범 열 장을 받아들고 악수권도 받았다.

"머리 잘랐어? 진짜 잘 어울려!"

무대 위에서 멤버에게 말하자 멤버는 "고마워요!"라며 웃었다. 미쓰오도 히죽히죽 웃는데 뒤에 있던 매니저가 억지로 떼어놓았다. 그리고 다음 멤버와 악수하면서 "블로그 읽었어!"라고 또 말을 걸었다. 그렇게 한 사람씩 말을 걸며 악수를 마쳤다.

"아 진짜 천사야. 힐링된다. 구원받은 기분이야. 나한테 부족한 건 이거였어."

미쓰오는 꿈결을 헤매는 듯한 표정으로 다다와 이야기를 나누며 회장을 나왔다.

* * *

아이코는 금붕어 카페에서 단골들과 작별 인사를 나누었다.

"그래, 내일 출발해. 고마웠어."

미쓰오는 도모요와 쓰구오와 함께 카운터에서 아이코를 지켜보았다.

"아버지가 차로 모시러 오신대. 그때 이혼 이야기 말씀드려."

도모요의 말을 흘려듣는데 인사를 마친 아이코가 카운터로 왔다.

"이거 받았어." 기쁜 듯이 작은 꽃다발을 들고 있다.

"할머니, 말해두지만 가와구치 호에서는 프로레슬링 안 해요."

미쓰오는 부루퉁한 얼굴로 투덜댔다.

"아직 보지 못한 DVD가 잔뜩 있는걸."

"너는 애가 하루 전인데도 아직 포기를 못 했구나."

도모요가 미쓰오를 보고 어이없어했다.

"그거야……!" 그렇게 말하며 일어난 순간 의자에 두었던 가방이 떨어지는 바람에 바닥에 대량의 CD와 야광봉, 응원복 등의 상품이 여기저기 흩어졌다.

도모요는 빛나는 야광봉을 주워 들고 "이게 뭐야?"라며 신기해한다.

"……누가 맡겼어."

쓰구오가 "어?" 하며 미쓰오의 외투를 벌렸다. 덴파구미 여섯 명 사진이 인쇄된 티셔츠를 입고 있어서 다급히 감추려 했지만…… 늦었다.

"아, 그렇구나, 끝내 그쪽으로 갔구나?"

더욱 어이없어하는 도모요에게 미쓰오는 도리어 당당해져서 선언했다.

"맞아. 바로 여기가 내가 살아갈 장소야!"

* * *

집으로 돌아오니 이상하게 춥다. 거실로 가자 베란다 쪽 창문 커튼이 흔들렸다. 놀라서 다가가니 창문이 열려 있었다.

"마틸다? 핫사쿠?"

허둥지둥 주위를 둘러보았지만 집 안은 쥐 죽은 듯이 고요했다.

"……어?"

미쓰오는 곧장 집을 뛰쳐나갔다.

"마틸다? 핫사쿠?"

휘파람을 불고 쯧쯧 소리를 내며 메구로 강가를 달리고, 뒷골목, 가로수 뒤편, 옥상 위를 훑으며 다녔다. 그렇게 금붕어 카페 앞까지 왔다. 들어가려는데 문 근처에 서 있던 도모요가 "왜 그러니?"라며 못마땅한 표정으로 미쓰오를 쳐다봤다.

"왜 그러냐니, 잠깐 들어갈게."

미쓰오가 들어가려 하자 쓰구오까지 "지금 바빠"라며 가로막았다. 무슨 영문인지 두 사람 다 미쓰오를 돌려보내려 했다.

"아니, 보지 못했나 해서……."

"무슨 일이니?"

이제는 카운터 앞에 있던 아이코가 물었다.

"마틸다랑 핫사쿠가 사라졌다고요!"

미쓰오가 그렇게 소리 질렀을 때 카운터 밑에 숨어 있던 유카가 벌떡 일어났다.

"어, 어, 왜 여기 있어?"

놀라는 미쓰오에게 대답하지 않고 유카가 놀란 표정으로 다가왔다.

"사라졌다니 무슨 소리야?"

도모요가 물었다.

"몰라, 집에 가니까 베란다 창문이 열려 있고……."

미쓰오가 대답하는 사이에 유카가 미쓰오 옆을 지나쳐 뛰쳐나갔다.

"어?" 어안이 벙벙해져서 유카를 바라보는 미쓰오에게 아이코가 말했다.

"나한테 작별 인사를 하러 와줬단다."

"……."

"빨리 같이 찾아봐."

미쓰오는 고개를 끄덕이고 가게를 서둘러 나왔다.

* * *

아카리는 집에서 세 번째 혼인신고서를 작성했다. 다 쓰고 인감을 찍은 혼인신고서를 료와 함께 감개무량한 표정으로 바라본다.

"하마사키 씨랑 유카 씨한테 증인 란을 써달라고 할까."

혼인신고서를 들려던 료를 아카리는 "잠깐만" 하고 손으로 제지했다.

"당신한테 물어보고 싶은 게 있어."

아카리의 침착한 말투에 료는 내심 놀랐다. 하지만 그런 티는 내지 않고 "응?" 하고 아카리를 바라본다.

"전에는 왜 제대로 제출하지 않았어?"

"……메구로 구청까지는 갔어. 제출할 생각이었는데 갑자기 친구한테 전화가 왔어."

"응."

"기르던 개가 사라졌는데 같이 찾아주지 않겠냐고 해서 개를
찾다가 어쩌다 보니……."

료는 일전에 미쓰오에게도 설명한 이야기를 다시 한번 아카리
에게도 말했다.

"그런 어쩌다가 다 있구나? 처음 들었어."

"이번에는 걱정하지 마. 이번에는 함께 갈 거니까……."

그때 문을 두드리는 소리가 들렸다. 두 사람은 동시에 일어나 현
관으로 가서 문을 열었다. 문밖에는 미쓰오와 유카가 서 있었다.

"아, 마침 잘됐네요, 지금……."

료가 이야기를 꺼내려 했을 때 미쓰오가 창백한 얼굴로 말했다.

"우리 집 고양이가 사라졌어요."

"못 보셨어요?"

유카도 걱정되어 어쩔 줄 몰라 하는 기색이다.

"같이 찾아주시면 안 될까요?"

두 사람이 한목소리로 다급한 표정으로 말한다. 아카리와 료
는 얼굴을 마주 보았다.

"지금 좀 바빠서요."

료는 딱 잘라 거절하고 얼이 빠진 미쓰오의 눈앞에서 현관문
을 닫으려 했다. 하지만 아카리는 재빨리 혼인신고서를 서랍에
집어넣고 "지금 갈게요"라고 대답했다.

* * *

네 사람은 밤늦게까지 고양이를 찾았다. 미쓰오가 몇 번이나 지나간 다리로 돌아오자 유카가 있고, 심각한 표정으로 강을 보고 있었다.

"……그런 데 보지 마."

미쓰오가 말을 걸자 유카는 강을 내려다본 채 불쑥 입을 연다.

"흔히 그러잖아."

"응? 뭐?"

"고양이는 죽기 전에 보호자 곁을 떠난다고."

"그런 소리……."

"못 찾을 거야."

"무슨 소리야. 돌아올 거야. 돌아올 거라고……."

미쓰오가 필사적으로 말했지만 유카는 허무한 표정을 지었다. 그런 유카의 표정을 처음 본 미쓰오는 말문이 닫혀버렸다.

* * *

그날의 수색을 마치고 미쓰오는 유카를 데리고 집으로 돌아갔다. 현관에 굴러다니는 고양이 장난감이 서글퍼서 눈길을 피했다. 유카는 베란다 앞에 서서 멍하니 바깥을 보았다.

"춥지만 창문을 열어두자."

미쓰오는 고양이 사료를 두면서 유카에게 말했다.

"씻을래? 따뜻한 물에 몸을 좀 덥혀."

209

부엌에 가서 온수 버튼을 누르고 거실로 돌아간다.

"지금까지 이런 적이 없었고 바깥은 걱정되지만, 괜찮아. 멀리 갔을 리 없고 배고프면 돌아오겠지. 어딘가에 있어. 괜찮아……."

스스로를 설득하듯이 계속 떠들었다. 미쓰오도 너무나 불안했다.

"그러니까…… 그렇게 나쁜 방향으로만 나쁘게, 나쁘게 생각한다고 어떻게 되는 것도 아니잖아."

불안하니까 의도와 달리 화난 말투가 되어버린다. 그러자 유카가 쪼그려 앉아 엉엉 큰 소리로 울기 시작했다. 어…… 미쓰오는 어쩔 줄 몰랐다.

"미안. 미안, 유카. 괜찮아. 자, 이쪽에 앉아."

유카의 어깨를 양손으로 부축해서 소파에 앉혔다. 유카는 얼굴을 감싸고 울었다.

"……배고프지 않아? 뭐 만들어줄까? 뭐가 있었지. 먹고 싶은 거 없어? 뭐 사 올까? 아이스크림 먹을래?"

유카는 울기만 할 뿐 대답하지 않았다.

"해줬으면 하는 일 없어? 있지? 뭐 해줄까?"

"없어. 아무것도 없어." 유카는 멍한 표정으로 겨우 그렇게만 대답했다. 미쓰오도 침울했지만 억지로 고개를 들고 미소를 지으며 유카의 어깨에 손을 얹었다.

"따뜻한 코코아 타줄게. 일단 두 잔 탈게. 마시고 싶으면 마셔.

알았지?"

대답은 없었지만 미쓰오는 주방에 가서 물을 끓였다. 코코아 가루를 컵 두 잔에 넣고 물이 끓기를 기다린다. 그러다 문득 어떤 일이 떠올라 혼자 미소를 지었다.

"……나고야성이었지. 기억 안 나? 그거 있잖아. 나고야성과 하얀 연인(유명한 과자 브랜드 – 옮긴이)."

* * *

미쓰오는 신사 도리이(신사 입구에 세우는 두 기둥 문 – 옮긴이) 앞에서 마틸다와 핫사쿠를 만났다. 두 마리는 나고야성 프라모델 상자에 담겨 야옹야옹 울고 있었다. 쪼그마한 두 마리를 쪼그려 앉아 지켜보던 미쓰오는 상자를 주워 뚜껑을 덮어서 집으로 가지고 돌아왔다. 두 마리 고양이가 얼굴과 손발을 내민 상자를 들고 현관에 들어가자 유카가 하얀 연인 과자 상자를 들고 있었다. 거기에는 햄스터 두 마리가 들어 있었다.

"웬 고양이야."

"그 햄스터 같은 건 뭐야."

"햄스터 맞아. 친구네 햄스터가 한번에 열여덟 마리나 낳았대."

유카는 품 하고 웃음을 터뜨렸다.

"왜 내가 고양이를 주워온 타이밍에 햄스터도 받아오는 거지."

"괜찮지 않아? 톰과 제리 같잖아."

"그건 만화영화잖아. 현실에서는 눈 뜨고 볼 수 없는 광경이 펼쳐질걸?"

"어. 친구가 열여덟 마리가 열여섯 마리가 되었다고 기뻐했는데."

"몰래 돌려주면 열여섯 마리가 열여덟 마리가 되어도 모를 것 같지 않아?"

"……모르겠지!"

유카가 생긋 웃은 순간 두 마리는 이 집의 고양이가 되었다.

\* \* \*

"그래서 둘이 함께 주머니에 햄스터 넣어서 몰래 돌려주러 갔잖아."

미쓰오는 웃으면서 코코아를 타고 컵을 유카 손에 들렸다. 유카는 그대로 컵을 내려놓고 가방을 들고 일어났다.

"어…… 많이 늦었어."

"내일 약속 있어."

여태까지 줄곧 얼굴을 피하던 유카가 미쓰오와 눈을 바라보며 말했다. 뭔가 속내를 감춘 듯한 표정에 미쓰오는 의아해했지만 애써 차분하게 말을 이었다.

"그렇구나. 아, 하지만 지금은 전철 끊겼을 텐데. 근데 어디로 가?"

"……."

"응?"

"……."

유카는 입을 다문 채 현관으로 향했다.

"잠깐만 바래다줄게. 내가 바래다줄게."

미쓰오의 말에도 역시나 아무 대꾸 없이 고개를 젓고 신발을 신었다. 하지만 신발 뒤축이 잘 들어가지 않아 결국에는 뒤축을 구겨 신고는 짜증을 내며 문고리를 잡았다.

"기다려."

미쓰오가 진지한 표정으로 불렀다.

"내일 무슨 약속이 있는데? 어디로 돌아가는 거야? 친구네 집? 내일 무슨 약속이야?"

유카가 미쓰오의 얼굴을 쳐다봤다. 유카의 얼굴에서 평소 유카에게서는 볼 수 없었던 약한 표정이 묻어났다.

"잠깐만 기다려. 기다리고 이야기 좀 해. 잠깐만 들어와봐."

미쓰오는 유카의 등을 떠밀어서 집 안으로 다시 들였다.

"돌아갈래……!"

미쓰오는 어깨를 꽉 붙들고 유카를 식탁 의자에 앉혔다. 그러고 나서 천천히 손을 떼고 유카가 일어나지 않는지 확인한 뒤 자신은 맞은편 의자에 앉았다.

"유카."

진지한 표정으로 응시하며 유카의 말을 기다렸다.

"……뭐라더라. 무슨 유부녀 유혹 온천이래."

가까스로 입을 연 유카의 말에 미쓰오는 가슴이 철렁했다.

"알아?"

"모르겠는데……."

아무리 그래도 얼마 전에 빌렸었다고 말할 수 없었다. 미쓰오는 동요를 감추며 대답했다.

"그렇구나."

"그래서 그 무슨 온천인가 하는 게 뭐야?"

"내가 거기 나온대."

"……."

"오디션? 면접? 잘 모르겠지만 아침에 그런 걸 한대."

"그거. 그거 말인데. 그 온천이란 거 수건은……."

미쓰오가 묻자 유카는 쭈뼛쭈뼛 시선을 피했다.

"……아, 아. 아, 그거구나. 요전에 여배우가 어쩌고 했던 얘기가 이거였어!"

"목소리 낮춰."

"빼먹은 말 있지? 하지 않은 말이 있을 텐데. 그 배우는 안 돼. 안 될 일이라고! 안 돼, 안 돼, 안 돼, 안 돼, 절대로 안 돼, 죽어도 가면 안 돼!"

"왜 안 돼?"

"거기에는 아주 위험한 게 기다리고 있습니다."

"무슨 말인지 모르겠어."

"잘 들어요. 그 온천은 절대로 들어가면 안 되는 온천입니다. 왜냐하면 그 온천은 수건을……."

"벗지."

"벗죠. 압니까?"

"압니다."

"알면서? 알면서 가겠다고? 유카, 정신 차려!"

"난 멀쩡해."

"온천에 가서 수건을 벗는다고. 수건을 벗는다는 소리는 껍질을 깐 귤 상태란 말인데?"

미쓰오는 초조하기 짝이 없었지만 유카는 가면을 쓴 것처럼 무표정하기만 했다.

"전철 안에서 커버 없이 책을 읽어서 무슨 책을 읽는지 다들 알아버리는 상태인데?"

미쓰오가 아무리 필사적으로 호소해도 유카는 태연자약했다.

"이렇게 예를 들어도 모르겠어? 잠깐만 기다려, 잠깐만. 거기서 움직이지 마. 금방 돌아올 테니까, 금방!"

미쓰오는 집을 나와 메구로 강가를 달려서 대여점 성인코너로 뛰어 들어갔다. 그리고 선반에서 《유부녀 유혹 온천》 DVD를 꺼냈다.

"우와, 우와아, 이거 안 돼, 이건 절대 안 돼. 위험해."

* * *

미쓰오는 숨을 헐떡이며 집으로 돌아와 유카 앞에 대여점 봉지를 내려놓았다.

"봐봐. 말도 안 된다니까. 나도 이나즈마 씨도 부끄러웠어. 대여점 알바 이나즈마 씨도 말야."

미쓰오는 가슴 부근을 가리키며 말했다.

"여기에 이나즈마라고 쓰여 있었어."

"뭔 소리야?"

"아니, 이름이 보였다고. 상관없지만 지금 알려주고 싶었을 뿐이야. 자, 지금 보고 확인해. 어떤 모습이 될지 예습해봐. 그 안에는 세상 누구도 상상하지 못할 게 있으니까."

"보지 않아도 뭘 하는지 정도는 알아."

유카는 귀찮다는 듯이 말했다.

"뭐? 알고 있는데 하겠다고?"

"못할 이유가 뭐야. 이혼하고 이런 일 시작하는 사람 흔하대. 여기저기 많대."

"남들이 그런다고 해도 당신은 다르잖아."

"뭐가 달라? 나랑 그 사람들이랑 뭐가 달라?"

"그야 전혀……."

"나에 대해 뭘 알아? 나에 대해 뭘 알고 하는 소리야?"

어…… 하고 미쓰오는 말문이 막혔다.

"무슨 권리가 있어서 그런 소리를 해?"

"권리?"

"당신이랑 나랑 생각이 같다고 멋대로 단정하지 마. 당신이랑 나는 남이야. 내가 뭘 하든, 수건을 벗든, 언제든 먹을 수 있는 귤 상태가 되든 내가 정한 일이야. 당신이랑은 관계없어. 당신이 참견할 이유가 없어. 권리가 없다구."

미쓰오가 반박하려고 입을 열었지만 유카는 다그치듯이 계속 말을 이었다.

"없어. 당신이랑 나는 그날 우연히 만나 불안하고, 불안해서 우리 집에서 어쩌다 보니 그렇게 돼서 어느새 결혼한 게 다야."

미쓰오는 우연히 만난 밤을 마음속에서 다시 떠올렸다.

"그때 만나지 않았더라면 지금도 남이었겠지. 어느 회사의 안내데스크에서 스쳐 지났을 뿐인 사이였어. 내가 죽든 살든 당신은 모를 거고, 당신이랑은 관계없었겠지. 그래, 관계없어."

자포자기한 듯 자신의 속내를 마구 쏟아내는 유카의 말을 미쓰오는 가만히 들었다. 그때 주방에서 전자음 멜로디와 함께 '욕조 물이 데워졌습니다. 욕조 물이 데워졌습니다'라는 소리가 들렸다.

"……목욕물 준비됐어."

미쓰오가 부드러운 어조로 말해도 유카는 고집스럽게 고개를 가로젓는다. 미쓰오는 일단 부엌으로 가서 보온 버튼을 누르고 다시 돌아와 의자에 앉았다.

"……응, 그런 측면도 있었을지도 몰라. 나도 그런 생각을 한 적이 있어. 정말 우연이었던 걸까, 불안해서 그렇게 된 걸까 하고."

미쓰오의 말에 유카는 화난 것도 같고 우는 것도 같은 복잡한 표정으로 바뀌었다.

"하지만 지금은 조금 다르게 생각해……."

* * *

그날 밤 미쓰오와 유카는 수많은 귀가 난민들과 함께 고슈가도를 걸었다.

"동물 좋죠, 거짓말도 하지 않고."

"어, 하마자키 씨는."

"하마사키입니다."

"하마사키 씨는 새가 되고 싶은 부류인가요?"

두 사람 다 어떤 의미로 조증과 같은 상태로 쉼 없이 말이 나왔다.

"저는 인생에서 소중한 건 대부분 후지산에서 배웠어요."

"극단적인 말이네요."

"극단적인 말이 아니라구요. 후지산이 보이는 곳에서 자란 사람은 다들 대범해요."

그리고 점점 조후 역이 가까워졌다.

"저희 집은 조금 더 가서 저쪽이에요."

"그럼 이만…… 아, 잠깐만요."

유카에게 작별 인사를 건네려던 때 다코야키 포장마차가 미쓰오의 시야에 들어왔다. 미쓰오는 달려가서 다코야키 2인분을 주문했다.

"말 상대를 해주신 보답입니다."

"아저씨, 가쓰오부시 두 배로 주세요."

유카가 미쓰오의 뒤에서 말하자 아저씨가 "알겠습니다!" 하고 대답한다.

"아저씨는 돌아가지 않아도 괜찮아요?"

"나는 아까 마누라 불단만 고쳐놓고 나왔어."

포장마차 한구석에 아저씨와 부인인 듯한 여성이 찍힌 낡고 기름때 묻은 사진이 붙어 있었다.

"두 사람은 애인이야?"

"아뇨."

"조금 전에 처음 말을 섞었어요."

유카와 미쓰오가 함께 부정했다.

"아, 그래? 근데 둘이 어울리네."

아저씨의 말에 두 사람은 쑥스러워하며 서로를 흘끔 봤다가 황급히 시선을 피했다.

* * *

"보통 누군가를 좋아하게 되면 이유를 찾으려고 하지만……"

미쓰오는 의자에 앉은 유카를 향해 이야기했다.

"하지만 사실은 그런 게 아냐. 이유나 원인 없이도 당연한 것처럼 그렇게 되는 경우도 있어. 그렇게 당연한 것처럼 되다 보면 그냥 편해져서 어쩌다 좋아졌는지 알 수 없게 되고…… 내가 지금 무슨 말을 하는지 정리가 안 되긴 하지만."

"……."

"당신이 있는 게 당연하다고 생각했으니까, 그게 일상이라고 생각했으니까, 다 괜찮다고 생각했으니까, 안심하고 당연하게 대했어…… 하지만 만들기는 어려워도 부수기는 간단해. 사실 언제 사라져도 이상하지 않는 사람과 함께 산 거야. 언제 사라져도 이상하지 않은 시간을 보낸 거야. 언제 이별이 찾아와도 이상하지 않은데 좋아한다는 걸 깜빡하고 산 거야. 그렇게, 그런 식으로 산 거야."

유카는 미쓰오를 노려보면서도 잠자코 이야기를 들었다.

"짧게 정리하자면…… 소중한 사람이라고 생각합니다."

"……자기 좋을 소리만 하고."

유카는 고개를 떨구며 쥐어짜낸 듯한 목소리로 말했다.

"미안."

"나도 몰라."

유카가 고개를 들고 미쓰오를 보았다.

"응."

"모른다구."

"응. 이미 늦었다고 생각은 해."

미쓰오는 체념한 말투로 말했다.

"……늦었다고 생각하지는 않는데."

유카가 작은 목소리로 툭 내뱉더니 티슈 상자로 손을 뻗었다.

미쓰오가 알아채고 티슈 상자를 유카 가까이에 뒀다. 유카는 화장지를 한 장 뽑아 코를 풀고는 구겼다.

"무슨 말 하는지는 알아."

"나한테 권리는 없지만…… 이 일은 하지 않았으면 좋겠어."

미쓰오는 대여점 봉지를 바라보면서 말했다. 유카도 미쓰오의 시선을 따라 봉지로 향한다.

"……응" 하고 작게 대답하는 유카를 보고 미쓰오는 한숨을 돌리며 웃었다.

"다행이다. 정말 다행이다."

유카도 "그래"라며 미소 지었다.

"일단 가방은 내려놓지?"

아…… 유카는 들고 있던 가방을 내려놓고 외투를 벗었다.

"아. 이나즈마 씨는 계단에서 발을 헛디디면 번개(일어로 '이나즈마'는 '번개'라는 뜻 – 옮긴이)가 떨어졌다고들 하겠네……."

미쓰오도 외투를 벗으면서 말했다.

"그게 뭐야?"

"아, 대여점의 이나즈마 씨 말이야."

"이나즈마 씨 말고."

유카가 덴파구미 여섯 명 전원 사진이 인쇄된 티셔츠를 보고 있다.

"……딱히 남부끄러운 짓도 아니잖아."

그렇게 말하면서도 미쓰오는 도로 외투를 입으려고 했다.

"부끄럽지 않다면서 왜 옷은 다시 입어?"

유카가 예리하게 지적했다.

"추워서." 미쓰오는 어색하게 변명했다.

유카가 미쓰오의 가방으로 손을 뻗었다. 미쓰오는 당황해서 자기 쪽으로 끌어오려고 했지만 늦었다. 내용물이 드러났다.

"……당신도 무슨 응원 부채 같은 거 들고 갔었잖아."

"그거랑 이거랑 뭔 상관이지?."

유카는 얼굴을 찌푸렸다.

"뭘 모르는군. 이제는 이미 널리 알려진 일본의 아이돌 문화는 말이지, 세계가 인정한……."

미쓰오는 울컥해서 지론을 펼쳤다.

"지금 이 집에서 사는 사람 이야기를 하는 거야. 그런 식으로 걸핏하면 세계가 어쩌고저쩌고 하며 허풍을 떠는 남자, 짜증 나."

"그런 식으로 마구 파고들어서 남자의 취미를 인정하려 하지 않는 건 여자의 좋지 않은 점 아닐까?"

그렇게 말하면서 미쓰오는 못마땅하다는 듯이 컵을 내려놓는다.

"툭하면 여자는 어쩌고야."

"여자도 남자는 어쩌고 하잖아."

"말투가 마음에 안 들어."

"말투를 시비 걸면 아무 소리도 못 하게 되고, 첫째로 왜 화내는지 이해를 못 하겠어."

미쓰오는 아무 의미 없이 테이블을 박박 닦았다.

"싫은 소리를 들으면 당연히 화나지."

유카도 점점 감정이 격앙되었다.

"감정에 맥락이 없으니까."

미쓰오도 반박한다.

"맥락 있거든요."

"맥락? 영화 보다가 몇 번이나 자리에서 일어나다 못해 이 영화 무슨 말인지 모르겠다는 소리나 하는 사람의 맥락입니까."

"그 말투가 싫다는 거야. 왜 시비를 걸어?"

"그쪽이 먼저 시비를 걸었잖아."

"도로 유부녀 온천에 가기로 하면 되겠어?"

"봐, 맥락 없는 소리 나왔지. 금방 이렇다니까. 무기라도 손에 든 것처럼 관계없는 얘기를 꺼내는 거 봐."

"그럼 안 돼?"

또다시 두 사람의 말다툼이 시작되었다. 장소를 바꿔서도 언쟁은 계속된다.

"말은 잘해. 자기도 무책임하잖아. 창문 열어놓고 나가니까 애들이 사라진 거야."

유카가 베란다를 보면서 말했다.

"지금 그 문제로 뭐라고 하는 거야? 이렇게 걱정하고 있는데."

미쓰오도 점점 이성을 잃기 시작했다.

"내 말이 틀렸어?"

"그런 소리를 하면 너도 책임이 있어."

"어떻게 책임이 있는데?"

"내팽개치고 나갔잖아."

"왜 지금 그런 소리를 해? 나한테는 내 나름대로 생각이 있었다고. 더 이상은 참을 수 없어서 나간 거라고."

두 사람은 점차 거리를 두고 미쓰오는 식탁을 닦으면서 소파에서 부루퉁해 있는 유카에게 짜증을 냈다.

"나도 많이 참았어. 말하지 않고 참은 게 있다고. 세제 문제라든가……."

"세제가 어쨌다는 거야?"

"집에 용기가 있는데 일반 세제를 사 오잖아. 리필을 사지 않고."

"그때 말하면 되잖아."

"말하면 기분 나빠하니까. DVD도 케이스에 도로 집어넣지 않고 그냥 던져놓잖아. 그런데 이런 거 지적하면 까다롭다느니 소심하다느니 하니까."

"소심한 거 맞잖아! 배려가 없어!"

"배려는 무슨 배려야. 배려란 말은 자기 실수는 감춰서 얼버무리기 위한 전가의 보도지."

"그런 말투. 그런 말투가 싫다는 거야."

말다툼은 끝없이 이어지고 마지막에는 서로 고개를 돌리고 입을 다물어버렸다.

* * *

어느새 밤이 밝고 미쓰오의 핸드폰이 울렸다. 아버지다.

"네, 네. 알았어요. 지금 갈게요."

미쓰오는 전화를 끊고 일어났다.

"……어디 가는 거야."

유카가 퉁명스레 물었다.

"아버지가 오셨대."

"……나도 갈게. 할머님께 잘 가시라고 인사드려야지. 그 뒤에
후지노미야로 돌아갈 거야."

"……아."

미쓰오는 복잡한 심경으로 고개를 끄덕였다.

* * *

두 사람은 서로 멀찌감치 떨어져 걷다가 금붕어 카페에 도착
하니 가게 앞에 후지노미야 번호판이 달린 자동차가 서 있었다.
자동차를 열심히 닦는 안경 쓴 남자는 미쓰오의 아버지, 슈이치
다. 그때 도모요가 가게에서 나와 걸레로 차를 닦으려고 했다.

"야, 야, 야, 야, 지금 뭐하는 짓이야."

슈이치의 눈이 안경 너머 날카롭게 반짝였다.

"도와드리려고 한 거예요."

"너, 그거 걸레잖아. 걸레 같은 걸로 닦았다가는 차에 상처가
나잖아. 어떻게 그런 걸로 닦으려고 해."

그렇게 말하며 슈이치는 세차 전용 스펀지로 열심히 닦는다.

"아버지." 미쓰오가 부르자 슈이치는 돌아보고 "오오" 하고 웃었다.

"오시느라 피곤하시겠어요."

"나는 피곤하지 않다. 어디를 봐서 피곤해 보이지?"

슈이치는 인사말을 건네는 유카에게 바로 꼬투리를 잡는다.

"내비는 왜 이렇게 바보 같을까. 다음 교차로에서 오른쪽입니다라니. 아무리 생각해도 막힌다고. 보면 알잖아. 나는 하나 더 가서 우회전해줬지. 확실히 내 판단이 15분 빨랐어. 그런데 내비란 놈은 사과도 하지 않아. 모른 척하고 도착 시간을 앞당긴다니까. 내 덕이라고. 네놈의 공이 아니라 이거야."

흥분해서 마구 떠드는 슈이치는 미쓰오와 많이 닮았다. 입은 옷까지 미쓰오랑 비슷했다.

"어머니는 준비 다 하셨나. 그럼 다음에 놀러 와라."

아이코를 부르러 가려는 슈이치를 미쓰오는 서둘러 붙잡았다.

"잠깐만요, 아직 내비게이션 이야기밖에 하지 않았잖아요."

"응? 달리 할 이야기가 있었나?"

"아니, 저한테 있다고요……"

미쓰오가 이혼 이야기를 꺼내자 슈이치는 안색이 확 바뀌며 아이코의 집으로 뛰어갔다.

"어머니! 어머니!"

슈이치는 뒤따라온 미쓰오와 유카를 밀치고 집 안으로 들어갔다.

"난리 났어요!"

"진정하려무나."

아이코는 침착한 태도로 미쓰오와 유카를 보고 눈짓으로 신호했다.

"……아하, 그랬군. 나만 몰랐군."

슈이치가 놀란 표정으로 미쓰오와 유카를 번갈아 바라보았다.

유카는 죄송하다면서 슈이치에게 고개를 숙였다.

"너희 부모님께서는 뭐라고 하셨니?"

"아버지는 화내셨어요."

슈이치는 몸을 틀어 "인사는 다녀왔어?" 하고 미쓰오에게 물었다.

"아직……."

"너, 이 자식, 남의 집 소중한 딸을 이렇게 만들다니 차밭에 매장당할 거다."

"네?"

"너희는 결혼을 뭐라고 생각하는 거야. 결혼이란 두 가족이 인연을 맺는 일이다."

"고리타분한 소리 하지 마라. 미쓰오랑 유카가 정한 일이야."

아이코는 흥분한 슈이치를 진정시키려고 했다.

"어머니, 인색하기 짝이 없는 이 사막 같은 도쿄에서는 그럴지도 모르지만 야마나시 현과 시즈오카 현에서는 이런 이혼은 인정하지 않아요. 죄송하지만 이사는 내일로 미룹시다. 지금 당장 후지노미야에 간다."

네……? 미쓰오도 유카도 예상 밖의 전개에 그 자리에 얼어붙었다.

"온 가족이 모두 모여서 회의를 연다. 정상 회담이다. 차 빼 오마."

슈이치는 그렇게 말하고 나가버렸다.

"아버지……!"

미쓰오가 허둥지둥 붙잡으려 했다.

"다녀오렴."

아이코는 태평한 말투로 말했다.

"저는 내일 출근인데……."

"친정집에 전화하고 올게요."

미쓰오는 가기를 꺼렸지만 유카는 핸드폰을 들고 집을 나갔다.

"할머니, 어쩌죠."

"너희끼리 확실히 의견을 나누고 정한 일이잖니."

아이코는 부드럽지만 단호하게 말했다. 미쓰오는 너무나 혼란스러웠다.

"나는 모르는 일이다."

"……잘 안 돼요. 그러려던 게 아니어도 싸우게 돼요. 결국 후지노미야로 돌아가게 됐어요."

"응, 그랬구나."

"무슨 말이든 해주세요. 머리에 번개 치는 것 같은 말씀을요."

"할미는 여든 해를 살면서 머리에 번개가 친 적은 없단다."

"아, 그렇군요……."

"유카에게 행복해지라고 했지? 그러면 행복해지는 길까지 데려다주렴. 그 앞에 있는 사람이 너든 네가 아니든."

아이코의 말에 미쓰오는 얌전한 얼굴로 고개를 끄덕였다.

* * *

"야, 야야야, 신발 벗어, 신발."

미쓰오와 유카가 차에 타려다가 별안간 슈이치에게 호통을 들었다.

"아, 흙발 금지인가."

결벽증에 가까운 슈이치답게 시트에도 비닐 커버가 그대로다. 미쓰오와 유카는 차 안에 둔 비닐봉지에 신발을 넣었다.

"엄마도 후지노미야로 온단다." 슈이치의 말에 "그래요……"라고 대답은 했지만 미쓰오는 당혹스러웠다. 그때 누가 차창을 콩콩 두드렸다. 창을 보자 료의 얼굴이 있었고 뒤쪽에는 아카리가 보였다. 미쓰오는 창문을 열었다.

"고양이 찾으셨어요?"

료가 걱정스러운 표정으로 묻는다.

"아뇨, 아직요."

"저기, 여기에 사인을 부탁드리고 싶은데요."

료는 혼인신고서와 펜을 창문 틈으로 들이밀었다.

"아, 네…… 어, 제출하시게요?"

"축하해요!"

유카는 료와 아카리에게 웃으며 축하를 건넸지만 미쓰오는 복잡한 표정으로 사인했다.

\* \* \*

아카리와 료는 메구로 구청 앞까지 걸어왔다. 혼인신고서를 손에 든 료는 마음을 굳힌 듯 안으로 들어가려 했다. 하지만 아카리는 고개를 숙이고 걸음을 멈추었다.

응? 료가 아카리의 얼굴을 들여다본다.

"괜찮겠지……."

아카리가 웅얼거린다.

"어, 뭐야? 걱정하지 마."

혼인신고서를 보여주는 료를 향해 아카리는 고개를 저었다.

"나한테 묻는 거야."

"응?"

"1퍼센트라도 가능성이 있다면 도박을 해도 괜찮겠지."

"도박을 한다니……?"

"당신을 믿는 거 말이야."

아카리는 료의 등을 두드리고 "가자!"고 말했다. 두 사람은 나란히 구청으로 들어갔다.

후지산이 보였다. 고속도로에서 빠져나와 일반도로를 달리던 슈이치의 차는 후지노미야 역 근처까지 와서 속도를 줄였다. 미쓰오가 언뜻 바깥을 보니 미쓰오의 모친 기요에가 서 있었다. 기요에는 달려와 앞창을 탕탕 두드렸다.

창문에 난 손자국을 보고 "아아아!" 하고 슈이치가 비명을 질렀다. 곧바로 전용 걸레를 들고 바깥으로 나가 박박 문질렀다.

"유카! 오랜만이구나!"

기요에는 진흙이 잔뜩 묻은 신발을 신은 채 개의치 않고 차에 탔다.

"오랜만이에요!"

유카가 눈을 반짝이며 인사했다.

기요에는 들고 있던 구운 오징어를 "먹을래?"라며 내밀었다. 소스가 차 안에 마구 흐른다. 슈이치와 미쓰오는 얼굴을 찌푸리고 바닥에 흐른 소스를 물티슈로 열심히 닦았다.

* * *

호시노 가의 거실에는 테이블을 사이에 두고 유카, 다케히코, 게이코와 미쓰오, 슈이치, 기요에가 마주 앉았다.

"저희 아들이 모자란 탓에 이런 사태가 벌어져 정말 죄송합니다."

슈이치가 머리를 조아린다.

"아닙니다, 모자란 건 저희 딸이죠."

다케히코도 고개를 깊이 숙여서 미쓰오와 유카는 움츠러들 수밖에 없었다. 게이코와 기요에는 별일 아니라는 얼굴로 귤이며 센베이를 먹었다.

"다시는 미쓰오의 얼굴도 보고 싶지 않은 거니?"

기요에가 유카에게 물었다.

"아뇨, 얼굴은 볼 수 있어요."

"같은 공기를 마시고 싶지 않다거나."

이번에는 게이코가 미쓰오에게 묻는다.

"아닙니다, 공기는 마실 수 있습니다. 마십니다."

"뭐부터 싫어진 거니?"

게이코는 유카에게 상냥하게 물었다.

"뭐부터요⋯⋯?"

유카는 기요에의 질문에 고개를 갸웃했다.

"같이 밥이 먹기 싫어졌다든가."

기요에가 예를 든다.

"손을 잡기 싫어졌다든가."

게이코도 거든다.

"뺨에 뽀뽀는 괜찮지만 입술은 징그럽다든가."

기요에가 또 덧붙인다. 미쓰오와 유카는 대답하지 않았지만 기요에는 더욱 추궁했다.

"확실히 말해."

"……키스는 지금 좀."

조심스럽게 대답하는 유카에게 미쓰오는 저도 모르게 "어……" 하고 신음을 토하고 말았다.

"어쩔 수 없지. 헤어졌는걸."

기요에는 딱 잘라 말했다.

"어쩔 수 없을 건 아니잖아."

슈이치가 수습하려고 다급히 끼어들었다.

"이혼한다니 부럽다."

게이코가 대담한 발언을 아무렇지도 않게 하자 다케히코가 "이봐" 하고 나무란다.

"유카, 고민할 거 없어. 남자는 버려도 또 금방 생기니까."

"사람을 버섯 취급하지 말라고!"

깔깔 웃는 기요에를 보며 슈이치는 미간을 찌푸린다.

"나는 용서 못 한다."

다케히코가 강한 어조로 말했다.

"여보, 안쪽 방 치웠잖아. 유카가 언제든 돌아올 수 있게 한다고."

게이코의 말에 미쓰오와 유카는 놀라서 눈을 동그랗게 떴다.

"그건……" 다케히코가 애써 얼버무리려 했다.

"잘 돌아왔어."

게이코는 일부러 다케히코 들으란 듯이 말하고 유카에게 미소를 지었다.

"이렇게 갑작스레 찾아와서 죄송합니다."

기요에가 게이코에게 다시 인사했다.

"모처럼 오셨으니 식사하고 가세요."

게이코가 그렇게 대답하기를 기다렸다는 듯 유카의 오빠 겐지와 친척들도 들어왔다.

"후지산은 보셨습니까?"

겐지가 슈이치에게 물었다.

"저희 집이 가와구치 호라서 날마다 봅니다."

"야마나시 쪽이군요."

다케히코가 신중하게 확인한다.

"당연히 야마나시죠. 문제 있습니까?"

슈이치가 의아한 표정을 지었다.

"후지산은 역시 정면인 시즈오카에서 보는 게……."

"아니죠, 후지산은 정면인 야마나시에서 보는 게……."

두 사람은 미쓰오와 유카 일과는 관계없는 부분에서 서로 으르렁거렸다.

"대접할 준비를 해야지."

게이코가 유카에게 말하자 기요에가 자신도 돕겠다며 부엌으로 갔다.

\* \* \*

그날 밤에는 성대한 잔치가 벌어졌다.

유카와 기요에는 부엌에서 음식을 만들었다. 요리를 하며 서로 매실주를 따라주며 건배했다.

"아, 맞다. 재밌는 거 보여줄까?"

기요에는 지갑에서 접어놓은 종이 쪼가리를 꺼내 펼쳤다. 종이의 정체는 이미 이름을 써놓은 이혼신고서였다. 유카는 깜짝 놀라서 말을 삼켰다.

"결국 제출하느냐 마느냐 하는 문제야."

웃는 기요에를 따라 유카도 미소를 지었다.

* * *

미쓰오가 화장실에 가니 과음한 슈이치가 변기에 얼굴을 처박고 있었다. 화장실 문을 닫고는 미쓰오가 한숨을 쉬는데 다케히코가 왔다.

"사돈, 너무 드셨나?"

"네, 그런 것 같습니다."

"자네."

다케히코가 미쓰오의 어깨를 붙잡는다.

"네."

"남자와 여자와 부부는 달라. 부부와 가족도 다르지."

다케히코의 숨결에도 술 냄새가 진동한다.

"예……."

하지만 미쓰오는 다케히코의 말을 진지하게 들으려 했다.

"구청에 종이를 내면 부부다. 가족은 종이를 내도 될 수 없어. 가족은 어느 날 어느 때 차를 마시면……."

미쓰오는 다음 말을 기다렸지만 다케히코는 입을 닫았다.

"장인어른?"

옆을 보니 다케히코는 어느새 잠들어 있었다.

* * *

유카가 음식을 날라오니 노래방 기계에서 사와다 겐지(일본의 데이비드 보위라 불린 가수 – 옮긴이)의 〈너를 태우고〉의 전주가 흘렀다. 게이코가 미쓰오에게 마이크를 건네자 미쓰오는 모두에게 떠밀려 결국 노래를 부르기 시작했다.

미쓰오는 노래하면서 주위를 둘러보았다. 게이코와 기요에는 서로 술잔을 주고받으며 즐겁게 수다를 떨고 있고, 다케히코와 슈이치는 어깨동무를 하고 돌아오는가 싶더니 그대로 둘 다 잠들었다.

유카는 어린애를 안고 잠자는 겐지를 보고 못 말린다는 표정으로 미소를 지으면서 일어났다. 그리고 미쓰오도 노래하면서 모두의 상태를 살피고 있다는 사실을 깨달았다.

이 객실에 서 있는 사람은 자신과 미쓰오뿐이다. 그렇게 생각하고 있는데 미쓰오와 눈길이 마주쳤다. 미쓰오는 노래를 멈추었다. 서로 같은 광경을 보고 똑같은 생각을 했던 것 같다. 두 사람은 쓴웃음 섞인 미소를 지었다.

미쓰오는 유카에게서 시선을 떼고 후렴구를 불렀다.

* * *

"아, 줄리다, 줄리(사와다 겐지의 별명 – 옮긴이)!"

미쓰오가 잔치가 끝나고 안쪽 방으로 들어가자, 짐 정리를 하던 유카가 놀린다.

"시끄러워."

미쓰오는 그렇게 말하면서 방을 둘러보았다.

"일단 있을 곳은 확보했어."

"응."

"아아, 큰일이야. 결국 무 수확을 도와야 할 것 같아."

쓴웃음을 짓는 유카에게 이끌려 미쓰오도 웃었다.

"아, 어쩔래? 어머님은 나랑 같이 주무시고, 아버님이랑 저쪽 방에서 잘래?"

"나, 내일 출근해야 해."

"아, 그렇구나."

"지금 가면 막차 탈 수 있을 거야. 부모님은 술을 드셨으니 여기 두고 가도 될까."

"걱정하지 마. 잘 모실게."

"잘 부탁해."

미쓰오는 짐을 들고 일어났다.

유카도 알았다며 일어나 둘이 함께 현관으로 갔다.

"시끄럽네, 하나하나 사소한 일로 말이야!"

기요에의 목소리가 들렸다. 미쓰오와 유카가 놀라서 들여다보니 복도 끝에서 취한 슈이치와 기요에가 서로 노려보며 다투고 있다.

"새우 만진 손으로 내 휴대폰 건드렸잖아!"

"닦으면 되잖아? 남자가 좀스럽게!"

"또 나왔다. 자신이 덜렁대는 부분은 내팽개치고 툭하면 소심한 남자라고 하지. 그럼 내가 지금 오징어 만진 손으로 당신 전화기 만져줄까?"

"정말로 배려심이 없네."

"드디어 나왔네, 배려심! 자신의 실수를 얼버무리기 위한 전가의 보도!"

유카와 미쓰오는 부부 싸움 하는 소리를 들으면서 지나갔다. 그러자 다음에는 부엌에서 호통 치는 소리가 들렸다. 게이코다.

"나가! 이 도둑 양반아!"

미쓰오와 유카가 들여다보니 게이코가 취한 다케히코를 노려보고 있다.

"그러면 이름을 적어봐!"

"적어놨어!"

"남자가 푸딩에 적힌 이름을 일일이 확인할 것 같아!"

"당신은 늘 그렇지. 나 따위 아무래도 상관없어. 자기 자신을 너무 사랑하니까!"

"설마 푸딩 하나로 그런 말까지 들을 줄은 몰랐군. 나가!"

"나가야 할 사람은 당신이야! 이혼해, 이혼!"

이게 뭐람. 어느 부부고 미쓰오와 유카 일은 제쳐두고 싸움 중이다. 미쓰오와 유카는 나지막이 한숨을 쉬고 현관으로 갔다.

"……아, 역 어떻게 가는지 알아?"

"전에 한 번 가봤어."

"아. 아, 하지만 버스가 없을 수도 있어."

"걸어가도 그렇게 안 멀잖아."

"그렇긴 한데. 그럼 서둘러야 할 거야."

"응."

"응."

서로 복잡한 표정으로 웃음을 짓고는 손을 들고 미쓰오는 걸어갔다.

미쓰오는 후지산이 보이는 경치 아래에서 걸었다. 담담히 역으로 가면서도 마음이 술렁였다. 아니, 가슴속에 바람이 부는 것처럼 쓸쓸했다.

그때 발소리가 가까워졌다. 돌아보니 유카가 달려온다. 걸음을 멈춘 미쓰오와 미묘한 거리를 두고 유카가 멈추었다.

어? 의아한 표정을 짓는 미쓰오를 향해 유카는 가져가라며 쑥스러운 듯 선물용 후지노미야 야키소바 봉지를 내밀었다.

"아."

미쓰오가 받아들려는데 유카는 봉지를 도로 쓱 가져가더니 앞

장서서 걸었다.

"역……."

유카가 툭 내뱉었다.

어……, 하고 미쓰오가 유카를 바라보았다.

"응……."

유카가 고개를 끄덕인다.

"아, 그럼, 알았어……."

두 사람은 나란히 걸었다.

"마지막으로 보는 걸지도 모르고……."

"어……."

유카의 혼잣말이 미쓰오의 가슴에 깊이 박혔다.

"아……."

"그런 말……."

그만하자는 심정으로 유카를 바라보았다.

"알았어……."

두 사람은 말없이 역까지 걸었다. 마침내 접어든 후지노미야 상점가를 지나면 역이다. 하지만 할 이야기가 하나도 없어서 그저 묵묵히 걷기만 했다.

미쓰오가 장난스럽게 인도 끝 시멘트 블록 위를 걷자 유카가 그 모습을 보고 하하 하고 웃으며 흉내 냈다. 미쓰오도 하하 웃었지만 역시 별 말은 하지 못했다.

* * *

후지노미야 역에 도착해 표를 사는 미쓰오 옆에서 유카가 플랫폼 안에 들어갈 수 있는 입장권 버튼을 눌렀다.

"아…… 응."

미쓰오는 입장권을 사서 유카에게 건넸다.

"자."

"그래."

두 사람은 서로 양보하며 개표구 안으로 들어갔다.

상행선 승강장에서 기차를 기다리는 동안에도 대화는 없었다. 미쓰오는 이야기를 나누고 싶었지만 무슨 말을 꺼내야 할지 알 수가 없었다. 이 순간에 어울릴 말을 아무리 골라도 찾지 못했다.

미쓰오는 유카가 든 야키소바 봉지를 받아들려고 했다. 하지만 유카는 기차가 온 뒤에 주겠다며 손을 물렸다.

"알겠어……."

미쓰오는 기차가 오는 방향을 보았다. 그러고서 돌아보고 아직인가 봐 하며 유카를 보고 후후후 웃는다. 유카는 같이 웃으면서도 부르르 떨었다. 미쓰오는 괜찮으냐는 눈으로 유카를 바라보며 외투 주머니에 있는 장갑 끼지? 하고 눈짓하니 유카는 고개를 끄덕이고 장갑을 꺼내 하나를 끼고, 다른 하나도 끼려다가 미쓰오에게 내밀었다. 괜찮다고 미쓰오는 손을 저었다.

"그래……."

유카는 하나도 마저 자기 손에 끼었다. 미쓰오는 유카의 외투

주머니에서 아직 무언가 삐져나온 물건을 발견했다. 눈으로 가리
키자 유카가 꺼낸다.

"가스……."

요금 고지서다. 두 사람을 얼굴을 마주 보고 하하하 웃었다. 유
카가 반대쪽 주머니를 뒤져 뭔가를 꺼낸다. 미쓰오 집 열쇠였다.

"아……."

두 사람은 동시에 소리쳤다.

"자."

유카는 열쇠를 내밀었다. 미쓰오는 어? 하고 생각하면서 받아
들려다가 승강장에 떨어뜨렸다. 짤랑, 고요 속에서 금속음이 울
린다. 유카가 열쇠를 주워 다시 "자" 하고 미쓰오에게 내밀었다.
미쓰오는 받아들려다 다시 떨어뜨린다.

"자."

유카가 또다시 주워 내밀었지만 미쓰오는 손을 내밀지 않았다.

"자."

유카가 한 번 더 말해서 미쓰오는 갈등하다가 결국 "응" 하고
받아들고 자기 주머니에 집어넣었다. 그리고 가만히 유카를 응시
했다.

"응?"

"아니……."

미쓰오가 시선을 피했다.

"……응."

유카도 눈을 돌렸을 때 후지 행 미노부 선이 온다고 역 안내방송이 나왔다. 그 방송에 두 사람 사이에 미묘한 긴장감이 흘렀지만 괜히 더 말이 나오지 않았다. 그런 두 사람의 마음 따위 아랑곳하지 않고 기차는 정각에 승강장에 들어왔다. 문이 열리자 미쓰오는 마음의 준비를 하지 못한 채 어쩔 수 없이 탔다. 승강장에 남은 유카도 어쩌면 좋을지 모르는 것 같았다. 시선도 맞추지 못하고 서로 안타까움이 쌓여 폭발할 것 같았을 때 출발한다는 벨이 울렸다.

"아."

유카는 야키소바 쇼핑백을 내밀었다. 미쓰오가 반사적으로 봉지를 잡았다. 두 사람은 쇼핑백을 끼고 고개를 숙인 채 한동안 그러고 있었다. 마침내 미쓰오는 결심한 듯 고개를 들고 쇼핑백을 잡아당겼다. 쇼핑백을 계속 잡고 있던 유카와 함께 힘껏 끌어당겼다. 유카가 타자마자 문이 닫히고 기차가 출발했다.

* * *

"······어."

유카는 얼이 빠져서 미쓰오를 쳐다보았다.

"아니······."

미쓰오는 고개를 숙이고 안절부절못하며 코와 목덜미를 긁었다. 후지 행 차내에는 두 사람밖에 타지 않았다.

"······아."

미쓰오가 중얼거렸다.

"응?"

"아!"

유카에게서 시선을 피하고 반대편을 향해 소리쳤다.

"응?"

어리둥절해하는 유카를 돌아보고 기습 키스를 했다. 그러더니 곧바로 유카에게서 떨어져 자리에 앉았다. 순간 무슨 일이 일어났는지 파악하지 못한 채 멍청히 서 있던 유카도 근처 자리에 앉았다. 미쓰오의 대각선 앞이다.

덜컹덜컹 흔들리면서 두 사람은 눈도 마주치지 못하고 침묵했다. 잠시 뒤 팔짱을 끼고 고개를 숙였던 미쓰오는 후후 하고 웃었다. 웃는 소리가 들렸는지 유카도 후후 하고 웃었다. 두 사람의 웃음소리가 점점 커졌다.

"못 말리는 부부네."

아하하 웃으면서 유카가 말했다.

"못 말리는 부부네."

똑같이 웃으면서 미쓰오도 말했다.

\* \* \*

"여보, 여보 일어나봐, 얼른."

게이코가 다케히코를 흔들어 깨웠다. 아무래도 어느새 객실에서 잠들어버린 모양이다.

"아?"

"유카한테 전화가 왔는데, 지금 신요코하마래."

게이코가 휴대전화를 꽉 쥐면서 말한다. 그 목소리에 가까이에서 자던 슈이치와 기요에도 눈을 떴다.

"신?"

"신요코하마. 미쓰오랑 같이 있대."

"어쩌다?"

어리둥절해하는 다케히코 주위에서 다들 고개를 갸웃했다.

"막차도 끊기고 두 사람 신칸센 표를 사느라 800엔밖에 남지 않았대. 메구로 강 집까지 걸어서 가기로 했다네."

"신요코하마에서 가려면 서너 시간은 걸릴 텐데요."

슈이치가 말했다.

"예전에도 이 정도는 걸은 적 있으니 괜찮다고는 하네요."

"예전에도? 그게 뭔 소리지."

다케히코는 더욱 이해가 가지 않았다.

"그러다 또 싸우지 않을까."

슈이치가 혼잣말처럼 말했다.

"또 여느 때처럼 싸우겠죠."

게이코도 동의했다.

"잘 풀릴 리가 없는데 어쩌다 둘이 함께······."

다케히코의 머리에는 의문만 떠올랐다.

"떨어지고 싶어도 떨어질 수 없었겠지."

그 안에서 기요에만 키득키득 웃었다.

* * *

미쓰오와 유카는 아미지마 가도를 걸었다.

"《인디아나 존스》본 적 있어. 주인공 이름이 뭐더라."

앞을 보면서 유카가 말했다.

"인디아나 존스야."

미쓰오는 여전히 대충 말하는 유카가 어이가 없었다.

"그건?《캐리비안의 해적》에 오징어 인간."

"그 사람은 데이비 존스야. 오징어 인간이 아니라 문어 인간이고."

"3편밖에 보지 않아서 모른단 말이야."

"왜 1, 2편은 보지 않고 3편만 봤어?"

"《인디아나 존스》도 4편인가? 그것밖에 보지 않았어.《해리포터》는 3편이랑 6편이었나, 두 개만 봤어."

"어떻게 그런 일이 가능하지?"

믿기지 않는다고 생각하면서도 이런 대화를 몇 번이고 되풀이했다 싶었다. 집에서 미쓰오가 분재를 손질할 때였다.

* * *

"있지, 있지! 완전 감동했어!"

유카는 눈물을 글썽이면서 《죄와 벌》상하권을 미쓰오에게 내밀었다.

"이와나미문고에서 나온 《죄와 벌》은 상하권이 아니라 상중하
야. 당신은 중권을 건너뛰었어."

"……뭐래. 지금 그런 말을 할 필요가 있어?"

"사실을 말한 건데."

"재미있게 읽었다니 정말 잘됐다고 대답하는 거지. 그런데 내
가 어느 날 서점에 가는데 선반에서 《죄와 벌》 중권을 발견하는
거야. 아, 남편이 나를 위해 숨겨주었구나. 감동이야. 이거면 되
지 않을까?"

"그것보다 조금도 정리되지 않는 정리 책을 어떻게 좀 하는 게
어때? 이게 뭐야, 《수납왕 사모님》은 두 권 있잖아?"

미쓰오는 차가운 목소리로 말했다.

* * *

건배! 두 사람은 자판기 캔커피를 사서 계속해서 아미지마 가
도를 걸었다.

"캠핑 좋잖아. 캠핑 가자."

유카가 명랑한 목소리로 미쓰오에게 말했다.

"절대 싫어. 본 적도 없는 커다란 벌레가 있을걸."

"나 있잖아, 아침에 일어났는데 입 안에 장수풍뎅이가 있던 적
있어."

"그 에피소드로 알 수 있는 건 곤충보다 오히려 당신 입이 무섭

다는 거야."

그러고 보니 미쓰오가 야외 활동을 싫어해서 유카가 집 안에서 바비큐 비슷한 것을 시도한 적이 있었다.

\* \* \*

꺄아아아아!

연기가 가득한 거실에 유카의 비명이 울려 퍼졌다. 미쓰오는 얼굴에 수건을 두르고 창문을 열고 필사적으로 환기했다. 유카는 요리용 젓가락과 생선을 굽는 망을 들고 소파 위에 섰다.

안 돼에에에에!

유카가 또 비명을 질렀다.

"소리치지 마! 환풍기! 환풍기 틀어!"

미쓰오가 호통 치자 유카는 더욱 비명을 질렀다.

\* \* \*

"푸딩에 간장을 뿌리면 성게 맛이 난다고 했잖아."

마루코 교(橋)에 거의 다 왔다. 다마 강을 건너면 도쿄 도다.

미쓰오의 이야기에 "그랬지"라고 유카가 대답했다.

"그럼 푸딩과 간장을 사 오라고 했더니 푸딩이 없었다며 성게를 사 왔지."

"어, 그러면 안 되는 거였어?"

두 사람은 다마 강에 놓인 마루코 교를 건넜다.

"♪매지컬 바나나, 바나나는 옐로."

유카는 옛날에 유행한 텔레비전 방송의 연상게임(1990년대 인기 예능프로그램 〈매지컬 두뇌 파워〉에서 가장 인기가 많았던 게임 – 옮긴이)을 시작했다.

"옐로는 태양."

미쓰오가 재빨리 이어받는다.

"태양은 눈 부셔."

"눈 부시면 미니스커트."

"미니스커트?"

"일루미네이션."

"아니, 지금 미니스커트라고 했지. 왜 고쳐. 이봐, 저기요, 왜 모른 척하는 건데."

다그치는 유카를 보고 미쓰오는 얼굴을 찡그렸다. 그리고 어째서인지 유카가 미쓰오의 집으로 이사 온 날이 떠올랐다.

* * *

"와아, 이거 전부 벚나무잖아!"

유카는 강가에서 메구로 강 쪽으로 축 늘어진 벚나무 가지를 보고 소리 질렀다.

"봄이 되면 전부 피겠지?"

"이거 뭐야? 필요해?"

이삿짐을 나르던 미쓰오는 짐볼을 발견하고 물었다.

"필요해! 필수품이라구!"

미쓰오가 미심쩍어하면서 나르는데 도모요와 쓰구오가 이사를 도우러 왔다.

"유카!"

"잘 부탁해!"

두 사람은 활짝 웃으며 유카를 환영했다.

"잘 부탁드려요! 오늘부터 시집 왔습니다!"

유카도 해맑게 웃었다.

* * *

나카하라 가도를 북상해 드디어 고탄다 역 코앞까지 왔다. 곧 있으면 나카메구로다.

"그런 마음 들게 해줘야 해. 잠깐만 도망치지 마."

유카는 여전히 미쓰오를 타박했다. .

"도망치지 않았어."

"걸음이 빨라."

"원래 걷는 속도야."

"확실하게 믿음을 줘야지."

유카는 미쓰오를 가볍게 밀치기도 하고 발로 차기도 하고 몸을 부딪치기도 하면서 마음대로 굴었다.

"아파."

"나는 이 사람을 좋아하는구나."

"알아, 아파."

"가끔이면 돼. 가끔 그런 분위기를 풍기기만 해도 돼."

"어렵군!"

"풍겼어, 전에는 풍겼잖아."

유카가 미쓰오의 등에 올라탄다. 그러지 않아도 미쓰오의 다리는 납덩이같은데 버겁다.

"풍기지 않았어."

"거짓말, 풍겼어. 나도 엄청 어리광부리고 싶다구!"

유카는 미쓰오의 귀를 잡아당겼다.

"아파, 아파. 아, 봐봐, 메구로 강이다, 메구로 강."

고탄다 역 코앞에서 드디어 메구로 강을 만났다. 이제 강가를 따라 걸으면 된다. 3킬로미터쯤이겠지만 아직 제법 남았다.

"와오!"

미쓰오의 등에서 내려온 유카와 둘이서 철책 너머로 밤중의 강을 내려다보았다. 그러고 보면 이렇게 걸어서 혼인신고서를 제출하러 갔었다.

* * *

"하마사키 미쓰오입니다."

"호시노 유카입니다."

메구로 구청 카운터에서 담당 직원에게 혼인신고서를 제출했다. 카운터 아래로 잡은 두 사람의 손은 다 긴장으로 떨렸다.

돌아오는 길에 딱 붙어서 메구로 강가를 걸어 집으로 돌아갔다.

두 사람의 집. 오늘부터 부부. 하마사키 유카. 모든 게 신선하고 낯간지러운 기분이었다.

* * *

"아, 다코야키 먹고 싶다."

유카는 도로가의 다코야키 포장마차 앞에서 걸음을 멈추었다. 둘이서 포장마차의 가게 주인을 보고 퍼뜩 깨달았다. 2년 전 그날 밤 조후에서 포장마차를 하던 아저씨다.

"안녕하세요."

유카가 인사했다.

"네, 어서 오세요."

"하나 주세요." 미쓰오가 주문했다. 그때 두 개를 산 다코야키. 오늘은 같은 곳으로 돌아가니까 하나면 된다.

예, 하고 다코야키를 봉지에 담는 아저씨 옆에는 부인과의 기름때 묻은 사진이 붙어 있다. 역시 그때 그 아저씨가 맞다며 두 사람은 서로 고개를 끄덕였다.

"예전에 조후에서 장사하셨죠?"

유카가 말을 꺼냈다.

"아, 맞아요. 먹은 적 있어요?"

미쓰오가 "네" 하고 대답하고 유카에게 "그치?" 하고 호응을 요구했다.

"네. 저희 처음 만난 날에 아저씨 다코야키를 먹었어요. 그래서 둘 다 그때 긴장이 많이 풀렸어요."

"그 뒤로 가까워졌습니다. 아저씨 덕분이에요."

미쓰오가 반가운 듯이 말했다.

"아, 그래요. 사귀세요?"

"부부입니다."

미쓰오는 환한 얼굴로 대답했다.

* * *

지진이 일어난 그날 밤, 연립주택의 작은 방에 두 사람은 어색하게 같이 있었다.

"하마는 강해요. 진심을 다하면 제일 셀지도 몰라요."

"고래보다요?"

어수선한 방의 작은 테이블과 침대 틈에서 두 사람은 각자 무릎을 얼싸안고 이야기했다.

"그건 장소에 따라 다르죠."

"바다라면 고래가 강하겠네요."

"그렇지만 그렇게 확장한다면 군대개미도 집어넣어야 하느냐 마느냐의 문제가 생기는군요. 군대개미는 세요."

화젯거리는 줄곧 끊이지 않았다.

"평소에 뭘 생각하냐고요? 날마다 접수처에 있잖아요. 너무 한가하다 보니 생각했는데요. 여기, 코 밑이요. 여기의 골."

"네."

"여기 젓가락 받침이랑 비슷하죠."

"……"

"오는 손님들 코 밑을 볼 때마다 이렇게 젓가락을 두는 상상을 하면 혼자 웃음이 터져요. 하마사키 씨는 그런 거 없어요?"

"없네요."

그날 밤 몇 번인가 여진이 있었다. 흔들릴 때마다 유카가 불안한 표정을 지었다.

"……아, 이건 제안인데요, 아, 싫으면 싫다고 해주세요."

미쓰오는 유카에게 그렇게 말을 꺼냈다.

"네."

"손 잡을래요?"

"……"

"아, 안심이 될까 싶어서, 싫으면……"

"아뇨, 저도 잡고 싶은 타이밍이었어요."

"아, 그럼 괜찮은 타이밍이었네요. 그럼."

"그럼."

두 사람은 어색하게 팔을 뻗어 손을 잡는다. 손과 손의 온기를 느끼면서도 부끄러워서 눈은 맞추지 못하고…….

* * *

강가에서 벗어나 메구로긴자 상점가에 접어들었을 무렵에는 하늘이 환해졌다. 두 사람은 셔터가 닫힌 상점가를 나란히 걸었다.

* * *

그 무렵 한 침대 속에서 아카리와 료 둘 다 눈을 뜨고 있었다.

"추억이지."

커튼 틈으로 아침 해가 새어드는 가운데 작은 목소리로 아카리가 말했다.

"응?"

"뭐라고 할까, 가족을 지탱한다고 할까."

"양식 같은?"

"맞아. 추억을 늘려가는 게 가족이라고 생각해."

아카리는 천장을 보면서 료의 온기를 느꼈다.

* * *

집이 가까워지자 유카가 달리기 시작했다. 웃으면서 달리는 유카를 보고 작게 한숨을 쉬면서도 미쓰오도 웃으며 따라간다. 역 앞을 지나 횡단보도를 건너 다시 강가로 나가 달렸다. 옆을 보니 유카는 활짝 웃으며 달리고 있다. 미쓰오는 다리 코앞에서 갑자기 멈췄다. 유카는 달리기에서 1등한 어린애처럼 양팔을 펼치고 다리에 도착해 기뻐하며 깡충깡충 뛰었다. 그런 유카에게 다가가자 돌아보고 "뭐야?"라는 표정을 짓는다.

아무것도 아니야. 미쓰오는 고개를 젓고 천천히 마주 보았다.

두 사람이 함께 강가의 집을 올려다보았다.

그리고 누가 먼저랄 것 없이 손을 내밀어 서로 맞잡았다. 미쓰
오는 장갑을 낀 유카의 손을 쥔다. 그러자 유카는 손을 한번 떼고
장갑을 벗었다. 미쓰오는 다시 한번 유카의 손을 꼭 쥐고 두 사람
의 집으로 걸어갔다.

\* \* \*

"다녀왔어."

"다녀왔어."

두 사람은 아침 햇살이 비쳐드는 집으로 들어왔지만 집 안은
휑했다. 미쓰오는 열어둔 베란다를 내다보고 한숨을 쉰다. 유카
도 똑같은 생각이었는지 시선을 맞추자 쓸쓸한 표정을 지었다.
피로가 한번에 밀려들며 두 사람이 의자에 털썩 앉았는데, 유카
가 앗! 하고 테이블 밑을 가리켰다.

두 사람은 조용히 일어나 쪼그려 앉아서 아래를 들여다보았다.

"마틸다……"

"핫사쿠……"

서로가 붙인 이름을 부르자 두 마리 고양이가 돌아보았다. 기
쁜 나머지 미쓰오는 얼굴을 일그러뜨렸다. 유카가 달려들어 안긴
다. 미쓰오는 유카를 꼭 끌어안고 둘이 함께 와아앙 큰 소리로 울
었다.

* * *

"그래서 최근에 학생들에게 카리스마가 사라졌다는 이야기를 듣습니다."

료는 사이고야마 공원에서 가바타와 장기를 두었다.

"예전에는 뭔가 분위기 있었는데 지금은 평범하대요. 하하. 아내한테 말했더니 좋은 일이라더군요. 그래서 좋은 일인가 싶긴 한데. 아이는 가을에 태어날 예정입니다. 정말 앞으로가 너무 기대돼서 웃음이 절로 나와요. 아무래도 여자애 같대요. 걱정돼서 미칠 것 같습니다. 나쁜 남자 많잖아요. 그런 놈들에게서 딸을 지킬 방법을 지금 열심히 고민하고 있어요."

* * *

아카리는 임신부 전용 에어로빅을 다니기 시작했다. 이야기 상대는 사우나에서 함께였던 마미다. 마침 같은 시기에 마미도 임신했다.

"그래서 요즘 날마다 엄마랑 전화하는데, 초기에는 일단 콩을 먹으라고 해서 그것만 먹어. 아직 불안하기도 하지만 마찬가지로 무언가 변화하고 있다는 실감이랄까. 줄곧 자신을 찾고 있었던 것 같은데, 이제 그런 거 상관하지 않아. 그보다 순수하게 누군가를 위해 살아간다는 생각이 들어. 아이와 남편을 생각하면서 온종일 낫토를 먹어. 결국 자신을 좋아하기보다 남을 좋아하는 게 간단하고, 남을 좋아하면 자신을 좋아하게 될 수 있지 않을까. 낫

토를 저으면서 생각했어."

* * *

"그래서 혼인신고서를 제출하기로는 했는데요."

유카는 단골 국숫집에서 점원 오하라에게 이야기했다. 하지만 주변을 신경 쓰며 작은 목소리로 말했다.

"주위에다 이혼했다고 떠들어버린 바람에 다시 합쳤다는 얘기를 할 수가 없어서 아직 제출하지 못했어요. 신랑한테는 비밀이지만 요새 요리 교실에 다녀요. 제법 재미있어요. 한 가지 깨달은 건 요리 교실에서 실력은 늘지 모르지만 만들 의욕은 생기지 않더라고요. 남이 만든 음식을 먹고 행복해하고 맛있어하는 건 제가 더 잘하니까요. 그런데 어제 만든 카레는 신랑이 맛있다며 먹어서 저도 먹어보니까……."

말한 순간 유카는 웃음이 터져 나왔다.

"장수풍뎅이랑 똑같은 맛이 났어요."

* * *

미쓰오는 치과에서 떠들었다.

"그래서 최근에 자기 개조 계획이랄까, 덜렁대는 훈련을 하고 있습니다. DVD 있잖아요. DVD 제목이 적힌 부분이 밑에 깔려서 테이블에 놓여 있는데 그걸 그냥 두죠. 우와아 나 지금 대담한 짓을 했어! 그런 생각이 들죠. 그 점에서 제 아내는 스승님이죠.

감자칩을 먹은 손으로 아무렇지 않게 DVD를 잡으니까요. 부러워요. 거의 신급이에요. 솔직히 괴롭습니다. 아내는 덜렁대는 게 두 배가 되었고 제 참을성도 두 배가 돼서, 네 배 괴롭습니다. 예전엔 결혼은 고문이라고 생각했지만 아니었어요. 결혼은 먹이사슬입니다. 아내가 호랑이라면 제가 사슴이죠. 아내가 개미핥기라면 제가 개미고요. 아내가 벌이고 저는 꿀이에요. 최종적으로는 풀이군요. 묵묵히 먹히기를 기다릴 뿐이랍니다. 아, 괴로워. 네 배 괴로워."

치위생사 가호는 여전히 반응이 없었지만 미쓰오는 혼잣말처럼 계속 떠들었다.

\* \* \*

"이러쿵저러쿵 시끄럽게 굴지만 남한테 뭐라고 할 자격 같은 건 아무한테도 없어."

아이코는 가와구치 호의 한 식당에 앉아 담배를 꺼내고 마스터에게 말을 붙였다.

"그래, 인간은 참 다양해. 여러 종류의 사람이 있어."

마스터가 내민 라이터로 불을 붙이고 맛있다는 듯 연기를 뱉는다.

"그래서 인생은 재미있는 거야."

\* \* \*

아카리와 료는 메구로 강가 카페의 테라스석에서 차를 마셨다. 아카리가 수첩을 펼쳐 내밀자 료가 펜을 들고 슥슥 지도를 그린다. 료가 그리는 지도는 알기 쉽다. 메구로 강을 낀 이 일대 지도다. 아카리의 가게가 있고 금붕어 카페가 있고, 다리가 있고, 다리를 건넌 곳에 세탁소가 있다.

* * *

도모요와 쓰구오는 런치 메뉴 간판을 내놓았다. 아카리가 웃는 얼굴로 인사하며 지나간다. 웃는 얼굴로 인사를 받고 작은 체구의 아카리 뒷모습을 지켜보는 쓰구오의 입이 헤벌쭉한다. 도모요가 쓰구오의 머리를 철썩 때렸을 때 강가를 걸어오는 미쓰오가 보였다.

* * *

사람들이 오가는 가운데 세탁소 앞에서 유카와 사토코가 청소를 하는데 준노스케가 택배 카트를 밀며 왔다. 준노스케는 유카에게 택배를 건네고 하이파이브를 하더니 다시 카트를 밀며 달렸다.

보낸 사람을 보니 아이코라고 적혀 있다. 유카는 활짝 웃었다. 가게 앞 도로에 료가 자전거를 타고 씽 달려간다.

* * *

료가 자전거를 세우려는데 한껏 꾸민 여성이 지나쳐 근처 레스토랑으로 들어갔다. 상당한 미인이다. 무의식중에 눈으로 좇는데 갑자기 누가 뒤에서 귀를 잡아당겼다. 돌아보니 아카리가 "뭘 봤어?"라며 쏘아본다. 아니야, 아니래도. 손사래를 치며 변명하는 료를 보고 아카리는 갑자기 웃었다.

그때 두 사람은 깨닫지 못했지만 미쓰오가 그 옆을 지나갔다.

* * *

료가 눈으로 좇던 여성이 들어온 레스토랑에서는 결혼식 피로연이 열리고 있었다. 웨딩드레스를 입은 신부 나나가 친구들에게 축하를 받고 있다. 그때 바깥에 지나가는 미쓰오가 보였다. 미쓰오도 나나를 발견하고, 나나가 윙크하자 친구들 시선이 미쓰오에게 일제히 쏠렸다. 우아악. 황급히 걸음을 서두르다가 카트를 밀던 준노스케와 부딪힐 뻔했다.

* * *

유카가 상자를 안고 걷는데 미쓰오가 다리를 건너왔다. 뭔가 하고 미쓰오는 유카가 안고 있는 상자를 들여다본다. 이거. 유카는 아이코가 보낸 우동을 꺼내 보여주었다.

그때 "하마사키 씨" 하고 누가 불러서 돌아보니 아카리와 료가 서 있었다. 네 사람은 인사를 교환하고 웃으며 이야기를 나누고, 다시 각자 가야 할 방향으로 걸어갔다.

메구로강은 조용히 흐르고 강가에 줄지은 벚나무 한 그루의

가지에 작은 봉우리가 달렸다. 올해도 얼마 안 있어 벚꽃의 계절
이 찾아온다.

* * *

"아, 맞아, 그렇지. 깜빡하고 말하지 않았네요."

미쓰오는 치과에서 떠들었다.

"요새 제 안에서 내가 달라졌구나 생각하는 부분이 있어요. 하
마자키라고 불려도 대답하기로 했습니다. 곰곰이 생각하니 어느
쪽이든 상관없는 것 같아요."

# 최고의 이혼 ②

2018년 10월 25일 초판 1쇄 발행

**지은이** 사카모토 유지, 모모세 시노부

**펴낸이** 김상현, 최세현
**마케팅** 김명래, 권금숙, 심규완, 양봉호, 임지윤,
　　　　최의범, 조히라

**책임편집** 이기웅, 김새미나, 김사라
**경영지원** 김현우, 강신우
**해외기획** 우정민

**펴낸곳** 박하
**주소** 경기도 파주시 회동길 174 파주출판도시
**팩스** 031-960-4806

**출판신고** 2016년 5월 20일 제406-2016-000066호
**전화** 031-960-4800
**이메일** info@smpk.kr

ⓒ 사카모토 유지, 모모세 시노부
(저작권자와 맺은 특약에 따라 검인을 생략합니다)

ISBN 978-89-6570-699-1 (04830)
ISBN 978-89-6570-700-4 (세트)

박하는 (주)쌤앤파커스의 브랜드입니다.